NOCH EINE NACHT

DIE LIEBESGESCHICHTE EINES MILLIARDÄRS
UND EINER JUNGFRAU

JESSICA FOX

INHALT

Melde Dich an, um kostenlose Bücher zu erhalten   v

Klappentext	1
1. Kapitel Eins	4
2. Kapitel Zwei	8
3. Kapitel Drei	16
4. Kapitel Vier	34
5. Kapitel Fünf	40
6. Kapitel Sechs	53
7. Kapitel Sieben	61
8. Kapitel Acht	68
9. Kapitel Neun	74
10. Kapitel Zehn	87
11. Kapitel Elf	93
12. Kapitel Zwölf	99
13. Kapitel Dreizehn	107
14. Kapitel Vierzehn	113
15. Kapitel Fünfzehn	121
16. Kapitel Sechzehn	126
17. Kapitel Siebzehn	133
18. Kapitel Achtzehn	140
19. Kapitel Neunzehn	151
20. Kapitel Zwanzig	155
21. Kapitel Einundzwanzig	162
22. Kapitel Zweiundzwanzig	172
23. Kapitel Dreiundzwanzig	177

Melde Dich an, um kostenlose Bücher zu erhalten   181

MELDE DICH AN, UM KOSTENLOSE BÜCHER ZU ERHALTEN

Möchtest Du gern Eifersucht und andere Liebesromane kostenlos lesen?

Tragen Sie sich für den Jessica Fox Newsletter ein und erhalten Sie ein KOSTENLOSES Buch exklusiv für Abonnenten indem Du diesen Link in deinem Browser eingibst:

https://www.steamyromance.info/kostenlose-b%C3%BCcher-und-h%C3%B6rb%C3%BCcher/

Eifersucht: Ein Milliardär Bad Boy Liebesroman

Neue Liebe entsteht, aber auch eine Eifersucht, die sie zu zerstören droht.
   Ich habe meine winzige Heimatstadt und ihre Einschränkungen hinter mir gelassen. Dann erschien ein bekanntes Gesicht in der Bar, in der ich arbeite, und brachte mich wieder dorthin zurück, wo ich angefangen hatte ...

https://www.steamyromance.info/kostenlose-b%C3%BCcher-und-h%C3%B6rb%C3%BCcher/

Du erhältst ebenso KOSTENLOSE Romanzen-Hörbücher, wenn Du Dich anmeldest

Veröffentlicht in Deutschland:

Von: Jessica Fox

© Copyright 2020 – Jessica Fox

ISBN: 978-1-64808-153-8

ALLE RECHTE VORBEHALTEN. Kein Teil dieser Publikation darf ohne der ausdrücklichen schriftlichen, datierten und unterzeichneten Genehmigung des Autors in irgendeiner Form, elektronisch oder mechanisch, einschließlich Fotokopien, Aufzeichnungen oder durch Informationsspeicherungen oder Wiederherstellungssysteme reproduziert oder übertragen werden. storage or retrieval system without express written, dated and signed permission from the author

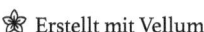 Erstellt mit Vellum

KLAPPENTEXT

Als der milliardenschwere Philanthrop Attico Fibonacci zu seiner Alma Mater zurückkehrt, um die Abschlussrede vor den Universitätsabsolventen zu halten, rechnet er nicht damit, sich zu verlieben.
Als er der jungen Lehrerin Temple Dubois begegnet, fühlt er sich sofort zu ihr hingezogen, und Attico verlängert seine Reise zur Fakultät, um sie besser kennenzulernen.
Schon bald lassen sie sich auf eine lockere, erotische, sinnliche Affäre ein und verlieben sich schließlich. Attico ist für sie da, als das letzte verbliebene Mitglied von Temples Familie, ihr Bruder Luc, tot aufgefunden wird.
Dann wird die Schule durch den grausamen Mord an einer vielversprechenden jungen Studentin erschüttert, und Attico ist entsetzt, als er sieht, dass die Ermordung das Zeichen einer geheimen Organisation trägt, die auf einem jahrhundertealten Tarotkartendeck basiert, und von der er dachte, dass sie schon lange nicht mehr existierte.
Als er Temple aus Genf fortbringt, stellt Attico ihr eine Frage, die die Natur ihrer Beziehung für immer verändert, und Temple

muss sich entscheiden, ob sie mit ihrer Entscheidung leben kann.

Als Temples Leben bedroht wird, beginnt sie jedem in ihrem Umfeld zu misstrauen. Als klar wird, dass Attico mehr über den Mord an einer Frau während seiner Schulzeit dort wissen könnte, als er ihr erzählt hatte, legt Temple ihre Beziehung vorläufig auf Eis, um herauszufinden, was wirklich vor sich geht. Am Boden zerstört macht sich Attico auf, um seine Unschuld zu beweisen und das Leben der Frau zu retten, die er liebt.

Attico

Sie ist die letzte Person, in die ich mich verlieben sollte ...
Und dennoch war es unvermeidlich. In dem Augenblick, als ich Temple Dubois erblickte, wusste ich, dass ich sie haben musste.
Ihr schönes Gesicht, ihr Lächeln, der Körper, der mich bis in meine Träume verfolgt.
Ich brauche sie in meinem Bett, in meinem Leben.
Der Duft ihrer Haut, die Art, wie ihre Kurven sich an mich klammern ... Gott, sie ist unglaublich.
Und eine Jungfrau ...
Bevor ich mit ihr fertig bin, werde ich dafür sorgen, dass sie so unersättlich ist, wie ich es bin ... was sage ich da?
Ich werde nie mit ihr fertig sein.
Sie ist jetzt mein Leben ...

Temple

Gute Mädchen sollten nicht das denken, was ich über Attico Fibonacci denke.
Aber was würde dieser umwerfende, sexy Milliardär von einer armen Lehrerin wie mir nur wollen?
Außer ...
Die Art, wie er mich ansieht, sagt mir, dass er mich so sehr will, wie ich ihn in mir haben möchte,
ich muss ihn in mir haben ...
Niemand hat jemals solche Gefühle in mir ausgelöst.
Niemals.
Warum habe ich also so eine Angst?

1
KAPITEL EINS

Attico Fibonacci blickte aus dem Fenster des Jets, während er von Frankreich aus über die Schweiz flog. Genf lag unter ihm, und die Alpen kamen immer näher, als der Jet drehte und zum Landen immer tiefer flog. Er spürte eine leichte Enge in seiner Brust, als er darüber nachdachte, was das Ziel seiner Reise war – seine Alma Mater, die Fakultät, die er vor fast zwanzig Jahren verlassen hatte, *L'Académie Amérique du Genève*.

Als das Flugzeug landete, schob er den Gedanken über seine Rückkehr beiseite und konzentrierte sich darauf, warum er hier war – um die Rede vor den Universitätsabsolventen zu halten.

Mit fast vierzig konnte Attico Fibonacci ganz leicht als der erfolgreichste Alumnus der Fakultät bezeichnet werden, mit der eventuellen Ausnahme seines älteren Bruders Tony. Beide Brüder hatten mit höchsten Auszeichnungen und fünfzehn Jahren Abstand promoviert und waren der Stolz ihrer Fakultät. Tony, der mit seinem jüngeren Bruder nach Genf gereist war, hatte nur gute Erinnerungen daran. Attico weniger. Ja, er war der 'It'-Junge, aber wenn seine Kommilitonen wiederum gewusst hätten, was dort passiert war ...

„Hör auf, darüber nachzudenken", sagte Tony jetzt und unterbrach damit Atticos Tagtraum. „Es war nicht deine Schuld, Atti, und das ist jetzt schon zwanzig Jahre her. Lass es einfach hinter dir."

Attico nickte, sagte aber nichts. Leichter gesagt als getan, wenn man wusste, dass man das Leben eines anderen ruiniert hatte. Wie gerufen vibrierte sein Handy. Lucinda, seine – inzwischen – Exfreundin. „Hey, Lu."

„Hey, Atti." Gott sei Dank war ihre Trennung einvernehmlich – zumindest nach außen. „Ich wollte dir nur Bescheid geben, dass mein Anwalt die Papiere für den Vergleich rübergeschickt hat."

„Gut. Ich werde sie unterschreiben und dir zurückschicken, sobald ich wieder in New York bin." Er zögerte. „Wie geht es dir?"

„Mir geht es gut", sagte Lucinda leichthin, und dann entstand eine unangenehme Pause. Es mochte einvernehmlich gewesen sein, aber es tat trotzdem weh. „Bucky vermisst dich."

Ihr Hund war ein zu groß geratener Deutscher Schäferhund, Bucky, für den sie das Sorgerecht teilten. „Nur Bucky?", sagte Attico sanft und

hörte, wie Lucinda seufzte.

„Nicht, Atti. Mach es nicht noch schwerer."

„Es tut mir leid. Ich vermisse dich."

„Ich vermisse dich auch, Baby, wirklich, aber wir beide wissen, dass das nur zum Besten war." Lucindas Stimme war freundlich, aber bestimmt. „Du wirst immer, *immer* mein bester Freund sein."

„Gleichfalls, Lulu."

Sie lachte in sich hinein, aber in ihrer Stimme lag Trauer. „Wir sehen uns bald, Atti."

„Tschüß."

Gott, es tat immer noch weh. Lucinda hatte sich nach sechs

Jahren Beziehung vor fast einem Jahr von ihm getrennt. Attico hatte tief in seinem Herzen gewusst, dass sie unglücklich war, dass ihre Beziehung schon Jahre zuvor nur noch rein platonisch war, aber er hatte den Kopf in den Sand gesteckt, bis es schmerzhaft klar wurde, dass es vorbei war.

Er konnte nicht begreifen, wie er jemals nach Lucinda irgendwen wieder lieben konnte. Dankbar für die Gelegenheit, für ein paar Tage aus New York herauszukommen, jetzt da er in die Limousine stieg, um sich zur Akademie fahren zu lassen, fragte er sich, ob Weglaufen die beste Idee gewesen war.

Neben ihm im Auto hörte er Tony seufzen. „Kumpel, ich hoffe, dass deine Laune während der Reise noch besser wird. Du machst jetzt schon seit Monaten einen auf Depri. Attico, du bist reich, single und gutaussehend. Lebe ein wenig."

Und er hatte Recht. Attico Fibonacci erschien oft ganz oben auf den Listen der „Begehrtesten Junggesellen" in High-Society-Zeitschriften. Er war ein Selfmade-Milliardär in der Immobilienwelt und ein äußerst gut aussehender Mann, groß, breit gebaut, hellgrüne Augen und dunkle, wilde Locken. Tony, der fünfzehn Jahre älter war, war ein gepflegter Mann mit einem rasierten Kopf, dunkelbraunen Augen und einem Hauch von Eleganz, während Attico sowohl bei seinesgleichen als auch bei den Frauen, die sich um ihn scharten, mit einem sowohl jungenhaften als auch faszinierendem Gesicht als schön galt. Er trug einen leichten Bart, damit sein Gesicht seinem Alter entsprach, aber selbst er wusste um die Wirkung, die sein Aussehen sowohl auf Männer als auch auf Frauen hatte. Ihm standen Anzüge gut, aber er fühlte sich eher in Blue Jeans und einem klassischen T-Shirt zu Hause.

Wenn man sich die Fibonacci-Jungs so ansah, würde man nie auf die Idee kommen, dass sie Brüder waren. Attico sah genau wie sein Vater Sebastiano aus, einem Oliver Reed-Doppelgänger mit einem Hauch wilder Bedrohung und Schönheit. Tony sah ihrer verstorbenen Mutter, der ruhigen und zarten Giovanna, ähnlich. Aber die Brüder waren sich trotz ihres Altersunterschieds treu ergeben. Tony war ein überzeugter Junggeselle, der sowohl auf Männer als auch auf Frauen stand und selbst jetzt noch mit Mitte Fünfzig eine Beziehung nach der anderen hatte. Er kam damit davon, wobei ihm sein natürlicher Charme und seine extrovertierten Neigungen halfen, dass ihm jede Übertretung verziehen wurde.

Attico andererseits war überraschend schüchtern. Er war der häusliche Typ, der es vorzog, Zeit mit Lesen oder Spaziergängen mit dem Hund oder Fernsehen mit jemand Bestimmtes zu verbringen. Er mied Partys, und das war einer der Gründe, warum er es nun bereute, dass er zugesagt hatte, bei der Abschlussfeier seiner Alma Mater eine Rede zu halten. Danach würde es einen Empfang geben, und ihm graute es jetzt schon davor, nichtssagenden Smalltalk mit Menschen zu machen, die er nicht kannte. Gott.

Er muss einen Seufzer von sich gegeben haben, denn er hörte, wie Tony ein genervtes Geräusch machte. „Atti, hör auf so depri zu sein. Schau dir den Ort hier an; das ist das Paradies. Wenn das Brimborium erst einmal vorbei ist, dann gehen wir in die Stadt und du lässt dich flachlegen, comprendé?"

„Was auch immer." Attico war sich bewusst, dass er wie ein schmollender Teenager klang und lächelte entschuldigend. Er wollte Tony nicht runterziehen. „Sicher, Kumpel. Packen wir es an."

„So ist es schon besser."

Attico lächelte seinen Bruder an und als das Auto abbog, sah er sie dann. L'Académie Amérique, am Ufer des Genfer Sees stehend, ein gewaltiges Belle Époque Chateau, das Zuhause der Reichsten der Reichen mit weniger als zweihundert der privilegiertesten Studenten der Welt.

Der Schauplatz von Atticos schlimmstem Alptraum.

KAPITEL ZWEI

Temple Dubois wischte ihrem Bruder den Mund ab und lächelte ihn an. „Jetzt bist du wieder sauber und ordentlich, Luc."

Er lächelte sie an, seine braunen Augen waren wachsam und funkelten, aber Temple wusste, dass er nur ihr Lächeln sah, nicht wer sie für ihn wirklich war. Der Unfall hatte das für Luc unmöglich gemacht und seit fast zwanzig Jahren war sie für ihn die „Frau, die lächelte".

Nicht seine Schwester. Nicht seine Pflegerin. Aber „die Frau mit dem Lächeln". Temple konnte damit leben. Die Ärzte und Krankenschwestern hatten ihr gesagt, dass es für Luc an ein Wunder grenzte, jemanden so zu beschreiben. Der Unfall hatte ihm fast alles andere genommen – die Fähigkeit zu laufen, Schlüsse zu ziehen und hatte ihm fast seine ganze Sprachfähigkeit geraubt.

„Es könnte sein, dass er sich nicht daran erinnert, dass Sie seine Schwester, sein Fleisch und Blut sind", hatte der gütige Arzt ihr vor langer Zeit gesagt, „aber irgendwo da drinnen weiß er, dass sie für ihn jemand Besonderes sind, und das erkennt er auch an."

Temple lächelte ihren Bruder jetzt an. Das Einzige, was der Unfall ihm nicht genommen hatte, war seine Schönheit, seine liebliche Seele. Obwohl er fast zwölf Jahre älter als sie war, fühlte sich Temple jetzt wie die ältere Schwester, da sie sich seit ihrem achten Lebensjahr beinahe ganz allein um ihn gekümmert hatte, mit Unterstützung der Akademie.

Jetzt, als sie Luc zum Abschied küsste und sich wieder auf den Weg zur Akademie machte, stieß sie einen tiefen Atemzug aus. Nach der Abschlussfeier hatte sie eine Woche für sich, bevor die Sommerschule anfing, und sie hatte vor ... gar nichts zu tun. Sie genoss den Gedanken, in ihrer winzigen Wohnung in Genf alleine zu sein, dem Zuhause, das sie sich endlich leisten konnte, nachdem sie jahrelang auf der Akademie gelebt hatte und durch Unterrichten ihren Lebensunterhalt bestritt, und jetzt konnte sie es kaum erwarten, in ihren eigenen, kleinen Hafen zu flüchten.

Sie hatte einen Stapel Bücher, viel gutes Essen und großartige Musik, und sie beabsichtigte, sich zu verkriechen und das Telefon und alle anderen Menschen zu ignorieren – außer ihre täglichen Besuche bei Luc natürlich.

Als sie wieder in der Schule ankam, ging sie in ihr Büro und schloss es auf. Sie war kaum fünf Minuten zurück, als es auch schon an ihrer Tür klopfte und eine ihrer Studentinnen ihren Kopf durch die Tür steckte.

Temple lächelte sie an. „Hey, Zella, komm herein. Was kann ich für dich tun?"

Zella, eine hübsche Teenagerin mit langem, dunklem Haar und einem 1000-Watt-Lächeln, setzte sich ihr gegenüber. „Einen Gefallen. Ich weiß, es ist gewagt, aber haben Sie noch einen Platz in Ihrem Kurs für den Sommer?"

Temples Augenbrauen schossen in die Höhe. „Du gehst nicht nach Hause?"

Zella verdrehte ihre Augen. „Meine Mum hat beschlossen,

den Schweden zu heiraten und ihre Hochzeitsreise ist scheinbar eine sechs Monate andauernde Angelegenheit, also ... Sie meinte, ich könnte allein zu Hause bleiben, aber ehrlich gesagt würde ich lieber hier sein. Olivia, Barry und Rosario bleiben auch. Also ... besteht eine Chance?"

Temple lächelte sie an. „Ich bin sicher, dass ich dich noch reinquetschen kann, aber du weißt schon, dass es ziemlich intensiv wird, oder? Die Ausstellung, die wir studieren, wird nur ein paar Wochen lang an der Schule sein, also haben wir fast jeden Tag Exkursionen und Kurse danach geplant. Lange Tage ... schaffst du das?"

„Pah, natürlich. Das wird cool, nicht wahr? Das ist das erste Mal, dass das Museum diese Gegenstände extern verleiht, oder?"

Das Museum, von dem sie sprach, war ein kleines, aber renommiertes Museum, das sich auf Wicca- und okkulte Artefakte spezialisiert hatte, und Temple leitete einen speziellen Kurs für Geschichtsfreaks, wie sie sie nannte. Sie nickte jetzt. „Stimmt. Aber weißt du auch, dass einige der Gegenstände, die an uns ausgeliehen werden, ursprünglich der Schule gehörten?"

Zella nickte. „Hab ich gehört. Wissen Sie, welche?"

Temple grinste. „Das verrate ich nicht."

„Oh, Temple ..."

Temple legte nie Wert auf Förmlichkeit. Sie war sowohl für ihre Kollegen als auch Studenten Temple oder Tem. Das war einer der Gründe, warum sie beliebt war. „Nein, tut mir leid, Kleine. Das wird alles in einer Woche enthüllt. Hör mal, du hast alles mit der Fakultätsleitung geklärt, oder?"

„Sie hatten mir gesagt, ich müsse zuerst den Kursplatz bestätigten."

Temple kritzelte eine Notiz und unterschrieb sie. „Bitte schön." Sie lächelte ihre Studentin an. Zella war eine *jener* Kids – intelligent, neugierig, klug und hilfsbereit. Und nett, was mehr

Thema war, als Temple es je erwartet hätte, als sie mit dem Unterrichten anfing. „Bring das zur Fakultätsleitung. Wenn sie irgendwelche Fragen haben, dann sollen sie mich anrufen."

„Danke, Temple, das weiß ich echt zu schätzen."

„Freust du dich auf die Abschlussfeier?"

Zella verdrehte ihre Augen. „Das klingt nach Spaß, aber ich weiß, dass das drei Minuten Aufregung und zwei Stunden Langeweile sein werden."

„Ja, so ziemlich. Wir sehen uns nachher."

TEMPLE SCHLOSS ihr Büro gegen 18 Uhr und ging durch den Gang zum Refektorium. Die meisten Studenten waren dort drinnen, und sie schnappte sich etwas Heißes zu essen und setzte sich zu einigen von ihnen, unterhielt sich ungezwungen mit ihnen und versuchte, Fragen über die Ausstellung von den wenigen Glücklichen, die sich für ihren Kurs angemeldet hatten, abzuwehren. Wenn sie mit Zella ehrlich gewesen wäre, dann hätte sie ihr erzählt, dass der Kurs schon seit Wochen voll war ... aber es war *Zella,* und für die Sommerschule machte es Temple nichts aus, jemanden zu bevorzugen.

Jemand stupste sie leicht am Rücken an und setzte sich dann neben sie. Nicolai Lamont, der Sprachprofessor der Schule und ihr bester Freund, grinste sie an. „Hey, Babe."

Temple lachte. Wie immer brachten seine Versuche im amerikanischen Slang mit seinem starken, französischen Akzent sie zum Kichern – das tat er jetzt mit Absicht. „Hey, zusammen."

Nicolai war ihr allerbester Freund an der Schule – und Temple war schon immer ein wenig in ihn verknallt gewesen, auch wenn das vergeblich war. Nicolai war glücklich verheiratet mit Rainer, einem deutschen Künstler und Model. Nicolai selbst hätte ganz leicht direkt aus einem Abercrombie and Fitch

Katalog für die Silberfuchs-Generation entspringen können. Er war umwerfend, und die meisten Studentinnen waren in ihn verknallt. Bei ihm und Temple sprang der Funke an dem Tag über, als er vor sieben Jahren hier ankam, als sie noch Studentin war. Ihre Freundschaft war neben Luc das Allerwichtigste in Temples Leben. Mit keinen anderen Blutsverwandten *war* Nicolai ihre Familie.

„Hör mal", sagte er jetzt und nickte durch den Raum in Richtung des Tisches des Dekans. „Schau dir mal den Hottie an. Ich habe gehört, dass er für morgen unser Redner ist."

Temple sah dorthin, wohin er zeigte, und für eine Sekunde spürte sie, wie ihr Herz einen Schlag aussetzte. Der Dekan sprach mit einem Mann in seinen späten Dreißigern, riet sie, der die traurigsten Augen hatte, aber der auch der schönste Mann war, den sie jemals gesehen hatte. Seine hellgrünen Augen stachen gegen seine dunkle, olivfarbene Haut und sein dunkles Haar hervor. „Das ist Attico Fibonacci?"

„Genau der. Ich hatte nicht erwartet, dass er so lecker ist. Ich frage mich, für welche Mannschaft er wohl spielt?"

„Ha", grinste Temple. „Er ist *viel* zu hübsch, um hetero zu sein."

Nicolai lachte laut, wodurch mehrere Leute, einschließlich Fibonacci, zu deren Tisch hinüberblickten. Temple blieb die Luft im Hals stecken, als Fibonacci ihrem Blick begegnete ... und ihn festhielt. Temple spürte diesen Blick in ihrem ganzen Körper. Er schaute nicht weg, und sie konnte das auch nicht. Temple wurde sich bewusst, dass die Leute um sie herum anfingen, zu murmeln ... sie konnten ebenfalls die Verbindung zwischen ihr und diesem Mann in der Luft knistern spüren.

Das war zu viel. Sie schob ihren Stuhl zurück, bracht die Verbindung und ging schnell aus dem Raum. Nicolai holte sie mit einem sorgenvollen Gesichtsausdruck ein. „Hey, hey, alles okay? *Ça va?*"

„*Oui, ça va.* Mir geht's gut." Sie zitterte ein wenig. „Bringst du mich bitte zum Auto?"

„Natürlich." Nicolai sah immer noch besorgt aus, aber er ging mit ihr zum Parkplatz. Es regnete, was hier nicht ungewöhnlich war, und Temple entschuldigte sich bei ihm.

Nicolai schüttelte den Kopf. „Das macht nichts, aber sag mir, Kleines ... kennst du Fibonacci? Bist du deshalb so aufgebracht?"

Temple schüttelte den Kopf. „Nein, ich bin diesem Mann noch nie begegnet ... Tut mir leid, da hat mich etwas einfach erschreckt."

„Was?"

Sie lachte und schluchzte zugleich. „Ich weiß es nicht. Verzeih mir, Nic. Mein Kopf ist ganz durcheinander."

Er umarmte sie. „Geh nach Hause, schlaf dich aus. Und lass Fibonacci nicht in deine Gedanken. Er ist nur ein reicher Kerl, der denkt, dass er jede Frau haben kann, die er sieht."

Temple lächelte ihn dankbar an. „Nacht, Nic."

„Nacht, Tem."

Sie fuhr nach Hause und schloss die Tür hinter sich ab. Sie machte sich einen Tee und setzte sich auf die Fensterbank. Ungeachtet dessen, was sie Nic erzählt hatte, brauchte sie nicht lange, bis sie herausfand, warum Attico Fibonaccis prüfender Blick ihr so unangenehm war.

Vor einem Jahr. Eine regnerische Nacht wie diese. Sie verließ eine Bar in Genf, nachdem sie mit ihren Kollegen aus war. Ein gutaussehender Kerl, der ihr den ganzen Abend schöne Augen machte. Sie gab ihm höflich einen Korb.

Er hatte draußen auf sie gewartet.

Sie hatte es gerade so geschafft, ihn abzuwehren, bis endlich jemand ihre Schreie hörte und ihr zu Hilfe eilte. Die Polizei war mitfühlend, sagte ihr aber, dass sie den Angreifer nicht ausfindig machen konnten. Temple war nach Hause gegangen und versuchte, sich zur Vernunft zu bringen. Sie war nicht vergewaltigt worden. Wenigstens das. Das Einzige, über das sie Kontrolle hatte, war das Einzige, was intakt geblieben war.

Ihre Jungfräulichkeit. Mit achtundzwanzig hielt sie es geheim, da sie wusste, dass die Leute entsetzt wären. Sie wusste, dass man sie für schön hielt, obwohl sie selbst das nicht sehen konnte. Wenn sie in den Spiegel sah, konnte sie lediglich dunkelbraunes Haar, dunkelbraune Augen und milchkaffeefarbene Haut sehen, die sie von ihrer kreolischen Mutter und ihrem afroamerikanischen Vater geerbt hatte. Sie sah wie ihre Mutter aus, sanft, rundlich. Ihre Mutter war bekannt für ihre Schönheit, aber sie hatte Temple beigebracht, dass das Aussehen nicht wichtig war. Sie im Alter von fünf Jahren bei einem Autounfall zu verlieren, der ihren Vater und ihre ältere Schwester tötete, war bis zu Lucs Unfall der schlimmste Tag ihres Lebens. Da wurde ihr dann bewusst, dass sie wirklich allein war.

Heute Abend also, als dieser schöne Mann sie ansah, hatte Temple eine Verlagerung in ihrer Seele gespürt – und ihrem Körper. Es war, als ob sie ihn kannte, als ob ihr Körper ihn kannte und sich nach seiner Berührung sehnte. Sie schüttelte jetzt den Kopf und kam sich dumm vor. Um Himmels willen, was kann man schon aus einem Blick lesen? Vor allem glaubte Temple nicht an Liebe auf den ersten Blick oder selbst Verlangen auf den ersten Blick.

Aber die Art, wie ihre Nippel hart wurden und ihr Geschlecht mit feuchter Erregung durchströmt wurde ... „Hör auf. Hör jetzt auf damit."

Sie durchdachte es auf logische Art und Weise. Fibonacci war nur für einen Tag da, um die Abschlussrede zu halten. Sie würde gar nicht mit ihm sprechen, außer der Tatsache, dass sie bei der Rede dabei sein musste. Der Dekan würde die Aufmerksamkeit seiner geliebten Alumni abverlangen, daran hatte sie keinen Zweifel.

Sie seufzte erleichtert auf. Das war einfach nur Paranoia, dachte sie. Aber als sie in dieser Nacht ins Bett ging, kam sie nicht umhin, an seine umwerfenden grünen Augen und sein schönes Gesicht zu denken, und sie wusste, dass Attico Fibonacci noch lange, nachdem er wieder Genf verlassen hatte, ihre Träume verfolgen würde.

3

KAPITEL DREI

Tony klopfte am nächsten Tag kurz nach 9 Uhr morgens an Atticos Tür. Attico, der sich gerade rasierte, ließ ihn herein, und Tony verdrehte seine Augen. „Schon wieder zu spät."

„Wir haben vier Stunden, Tony. Komm rein, ich rasiere mich gerade."

„Offensichtlich." Tony betrat Atticos Hotelzimmer und sah sich um. „Aha. Die Blondine ist also schon weg?"

„Welche Blondine?"

„Die süße Blondine, die dich gestern Abend in der Bar angebaggert hat." Tony verzog sein Gesicht. „Atti, sag mir bitte, dass du gestern Nacht flachgelegt wurdest."

Attico antwortete seinem Bruder nicht. Sie waren bis spät in einem von Genfs beliebten Nachtclubs unterwegs, aber alles, was Attico machen wollte, war, etwas zu trinken und dann zu schlafen. Er hatte jetzt immer noch einen Kater und blinzelte seinen Bruder mit blutunterlaufenen Augen an. „Wie kommt es, dass du so gut aussiehst? Du hattest viel mehr Alkohol als ich."

„Ich hab mir eine Toleranz aufgebaut, das könntest du auch, wenn du dich jemals dazu entschließt, wieder etwas fröhlicher zu sein." Tony seufzte, während er seinen makellosen Anzug abbürstete. „Was ist mit dieser hübschen Lehrerin, auf die du in der Akademie ein Auge geworfen hattest? Hast du herausgefunden, wer sie war?"

„Ich habe gar nicht gefragt", erwiderte Attico knapp und ging wieder ins Badezimmer, um sich fertig zu rasieren. Er entschied sich dagegen, seinen ganzen Bart abzurasieren, brachte ihn aber in Ordnung. Er mochte es, dass er ihn weniger jungenhaft aussehen ließ, sondern eher wie jemand, den man ernst nehmen sollte, auch wenn er selbst das gar nicht so empfand.

„Gott, Atti. Man könnte meinen, du bist in deinen Achtzigern und nicht in deinen Vierzigern."

„*Noch nicht ganz* vierzig und wenigstens verhalte ich mich nicht wie ein Teenager, Tony."

Er hörte Tony verhalten lachen und verdrehte seine Augen. Tony konnte nie irgendetwas ernst nehmen. „Wie steht's mit dir? Wurdest du gestern Nacht unterhalten?"

„Ja, danke. Sie beide waren zu süß und sehr diskret. Sind früh gegangen."

Attico seufzte und wischte sein feuchtes Gesicht mit einem Handtuch ab. Die Wahrheit war die, dass er am Abend zuvor während des Abendessens mit dem Dekan der Akademie ganz überwältigt davon war, wie sein Körper auf die junge Frau reagiert hatte, die an dem Tisch am anderen Ende des Saals gesessen hatte. Für sein System war es ein Schock gewesen, dass er sich durch sie erregt fühlte – sie war in allem das glatte Gegenteil von Linda, zumindest was das Aussehen anging. Während Lucinda einen gertenschlanken Körper wie ein Model hatte, groß war, einen hellblonden Kurzhaarschnitt hatte und perfekt hergerichtet war, war die Frau – das Mädchen? Sie sah kaum älter als die Studenten aus – ganz leger in Jeans und einem ausgewaschenen pinken T-Shirt gekleidet, und ihr langes, dunkles Haar war durcheinander und hing ihr locker über die Schultern.

Ihr Gesicht ... Gott, ihr Gesicht war *exquisit* und es kostete Attico Überwindung, sich nicht einfach zum Dekan zu drehen und ihn zu fragen, wer sie war. Stattdessen fragte er nach dem Nachbarn der Frau. „Ich könnte schwören, dass ich ihn irgendwoher kenne."

„Nicolai Lamont", erzählte Dekan Corke ihm. „Sprachprofessor. Er hat früher an der Columbia unterrichtet, und ich weiß, dass Sie auch Verbindungen zu der Fakultät haben bei Ihrer Arbeit mit den Jungen ... vielleicht haben sich Ihre Wege dort gekreuzt?"

„Das muss es sein", log Attico ruhig und war enttäuscht, dass der Dekan den Hinweis nicht verstand und ihm erzählte, wer die schöne Frau war. Sie hörten Lamont laut lachen, und Attico blickte zu ihrem Tisch hinüber – und ihre Blicke trafen sich. Er hielt ihn fest, während er die unzähligen Emotionen in ihren wunderschönen Augen las, und erschrak dann leicht, als sie ihren Stuhl zurückschob und plötzlich den Saal verließ.

Alles in seinem Körper schrie danach, ihr nachzulaufen, aber ohne eine Szene zu provozieren, war das unmöglich. Und er wollte ihr auch keine Angst machen; sie war offensichtlich über irgendetwas aufgebracht, und er war ein Fremder. Er sah, wie Nicolai Lamont ihr nachging und spürte einen Eifersuchtsanfall. *Wie dumm. Du kennst sie nicht einmal; du hast kein Recht, eifersüchtig zu sein.*

Aber er konnte sie nicht aus seinem Kopf bekommen und nachdem er sich letzte Nacht bis zur Besinnungslosigkeit betrunken hatte, nahm er sich ein Taxi zurück ins Hotel und schlief vor dem Fernseher ein.

Sein Kopf hämmerte vor Schmerzen, also schmiss er sich ein paar Aspirin ein, bevor er Tony aus der Tür folgte. Die Feier sollte um zwölf Uhr mittags beginnen, aber Dekan Corke hatte sie gebeten vorbeizukommen und ein paar der Topstudenten in den Kursen einschließlich der Abschiedsrednerin kennenzulernen.

Während die Limousine um den Genfer See in Richtung Akademie fuhr, holte Attico einen Papierknäuel aus seiner Hosentasche.

„Das ist deine Rede?"

„Ja." Attico ließ einen langen Atemzug aus. „Die ist rührselig und kitschig und nichts, was sie nicht schon eine Million Mal zuvor gehört haben. Die Welt liegt euch zu Füßen und den ganzen Quatsch."

„Genau das erwarten sie. Wenn du hier auftauchen würdest und den Text von 'Baby Got Back' vortragen würdest, hätten sie ihre Einwände, da bin ich sicher."

Atticos Lippen zuckten. „Bring mich nicht in Versuchung."

Tony grinste. „Du kriegst eine Million Dollar von mir, wenn du eine Textzeile einbaust."

„Die Wette gilt."

Tony lachte. „Das ist schon besser."

„Was meinst du?"

„Du. Mann, ich will echt nicht dick auftragen, aber die letzten paar Monate hast du einen Depri geschoben, was ja verständlich ist, aber Dad und ich haben uns Sorgen gemacht."

Attico seufzte. „Du hast mit Dad gesprochen?"

„Atti ... wir machen uns jedes Mal Sorgen, wenn es dir mal wieder nicht gut geht."

Attico schüttelte den Kopf, sagte aber nichts. Er fühlte sich schuldig, selbst nach all den Jahren wegen seines Zusammenbruchs, dieser schlimmen, *schlimmen* Zeit damals, als er in seinen späten Teenagerjahren war und ihn eine Depression heimgesucht hatte. Trotzdem ärgerte es ihn, wenn Tony mehr in die Situation hineininterpretierte, als nötig war. „Tony, jeder wäre nach einer Trennung fertig. Mach doch deswegen kein Fass auf."

Tony war still und stupste ihn dann an. „Hey, ist Lu noch single?"

Attico starrte ihn an und merkte dann, dass sich Tony bloß einen Scherz erlaubte. „Mistkerl."

„Weichei."

Attico lachte leise, und seine Stimmung hellte sich auf. Als sie an der Akademie ankamen, kam Dekan Corke heraus, um sie persönlich zu begrüßen. „Ich hoffe, die Herren haben Genfs Nachtleben genossen."

Tony und Attico tauschten Blicke aus und grinsten. „Definitiv."

Corke besprach mit ihnen die Termine des Tages. „Ein Sektempfang um 11 Uhr mit der Abschiedsrednerin und ein paar der Kollegen und um Mittag die Feier. Wir haben Talare für Sie, Mr. Fibonacci", sagte er zu Attico, der lächelte, während Tony leise lachte.

„Schön."

Der Dekan führte sie durch die alten Hallen der Schule. Es war wirklich ein schönes Gebäude, aus Stein und Skulpturen. „Hogwarts", hatte Tony gestern gesagt, als sie ankamen. „Ich vergaß, dass wir auf Hogwarts waren."

Attico erinnerte sich jetzt daran, deshalb lächelte er immer noch, während der Dekan sie in das Lehrerzimmer führte, einem großen Raum, der mit dunklem Holz vertäfelt war, mit unvergleichlichen Kunstwerken und einem kunstvollen Kronleuchter. Geld war für diese Schule kein Problem.

Einige der Lehrer wurden ihm vorgestellt, und Tony unterhielt sich ungezwungen – na ja, zumindest sah es ungezwungen aus – mit ihnen, während die Getränke gereicht wurden. Ihnen wurde die Abschiedsrednerin, eine junge afroamerikanische Frau namens Zella, vorgestellt, die ihnen ernst, aber mit einem

Funkeln in ihren Augen, die Hand schüttelte. „Wenn Sie beide also Alumni sind, dann kennen sie all die Geheimnisse der Schule? Den ganzen Tratsch?"

Dekan Corke kicherte und, Attico lächelte etwas unbehaglich.

„Nicht viel zu erzählen", sagte Tony glatt, und Attico war ob der Rettung dankbar. Dekan Corke warf ihm einen Blick zu, und Attico wusste, dass auch er erleichtert war, dass Tony über die Frage hinweggegangen war.

Zwanzig Minuten später warf Attico einen Blick auf seine Uhr. Er zog gerade eine Toilettenpause in Betracht, einfach nur, um dem Menschengewühl zu entfliehen, als er sie sah.

Ihr dunkles Haar war zu einem unordentlichen Haarknoten in ihrem Nacken zusammengebunden, ihr kurviger Körper kam in einem dunkelroten Kleid zur Geltung, das ihre vollen Brüste umriss. Eine einfache Goldkette lag um ihren Hals, und sie hatte nur ganz dezentes Make-up auf ihrem süßen Gesicht. Wie Attico beobachtete, ging sie am Rand der Versammlung herum zum Getränkeausschank. Einen Blick auf den Dekan und Tony werfend, die in einem Gespräch vertieft waren, ging Attico leise auf sie zu.

„Hallo", sagte er sanft und sah, dass sie ein wenig erschrak, bevor sie sich ihm zuwandte. Von Nahem sah er, dass ihre Augen ein dunkles Schokoladenbraun waren, auf ihren Wangen war ein leichtes Rosa und ihr Mund war voll, wunderschön geformt und ein delikater Pinkton.

„Hallo." Ihre Stimme war hauchig und tief, aber ohne diesen nervenden Vocal Fry, den so viele Frauen in seinem Bekanntenkreis heutzutage benutzten. Ihre großen Augen betrachteten ihn, und Attico hatte das Gefühl, als würde sie ihn abschätzen. Er streckte seine Hand aus.

„Attico Fibonacci."

Sie blickte für einen Moment auf sein Hand, bevor sie sie

schüttelte – und er war sich sicher, dass sie denselben Stoß spürte wie er, als seine Haut ihre berührte. „Temple Dubois."

Temple ... Das passte zu ihr. „Ich halte bei der Abschlussfeier eine Rede", erzählte er ihr, als ihm klar wurde, dass er die Konversation führen musste. „Unterrichten Sie hier?"

„Tut mir leid, tut mir leid", sagte sie, während sie sich schüttelte und ein nervöses Lachen von sich gab. „Ich unterrichte hier ein paar der Geschichtskurse und konzentriere mich hauptsächlich auf Artefakte. Ein Freak", sagte sie mit einem plötzlichen Lächeln, und er lachte leise.

„Freaks sind die Besten."

„Sie sind ein Alumnus, habe ich gehört."

Attico nickte. „Das stimmt. Dieses Jahr sind es tatsächlich schon zwanzig Jahre seit meinem Abschluss."

Temple Dubois nickte, er sah aber, wie sich eine Vorsicht in ihren Augen breitmachte – kannte sie die Geschichte darüber, was damals hier geschehen war? „Kannten Sie Luc Monfils?"

Oh scheiße. Nicht lügen. „Ja. Furchtbar, was ihm zugestoßen ist."

Sie nickte und sah weg. „Kurz danach habe ich dann hier gelebt."

Attico war verwirrt ob des scheinbaren Themawechsels. „Da müssen Sie aber sehr jung gewesen sein, als sie hierherkamen."

Temple schüttelte den Kopf. „Das ist egal. Hören Sie, ich sehe, dass Dekan Corke hierherkommt, sicherlich, um Sie für Ihre Rede einzusammeln. Viel Glück dabei."

„Vielen Dank. Schön, Sie kennengelernt zu haben, Mademoiselle Dubois."

Temple lächelte ihn an, und sein Magen zog sich vor Verlangen zusammen. „Temple, bitte, und ganz meinerseits, Mr. Fibonacci."

Er hätte ihr gesagt, dass sie ihn Attico nennen sollte, aber sie war zu schnell weg, und er fühlte sich ihrer beraubt. Gott, sie war schön, und da war etwas so Verletzliches an ihr, und er wollte sie einfach nur in seine Arme nehmen und sie vor der Welt beschützen. Er wollte mehr wissen, aber dann drängte ihn Dekan Corke, sich den Talar überzuziehen, und Attico musste alle Gedanken an Temple Dubois beiseiteschieben.

TEMPLE SELBST MUSSTE aus Attico Fibonaccis Gesellschaft flüchten, da sie nicht mit den Empfindungen klarkam, die seine Gegenwart in ihrem Körper auslöste. Ihre Haut fühlte sich wie in Flammen an, ihr Herz klopfte zu schnell, und ein pochender Puls schlug zwischen ihren Beinen. Was zum Teufel? Sie hatte sich noch nie zuvor so in der Gegenwart eines Mannes gefühlt, und das machte sie ein wenig panisch. Das konnte nichts Gutes bedeuten, oder?

Der Mann war ein Fremder, und jetzt wusste sie – er hatte Luc gekannt. Er war hier gewesen, als Luc seinen Unfall hatte. Als das Mädchen umgebracht wurde. Attico Fibonacci hatte ihren Bruder gekannt. Es schien Schicksal zu sein, dass sie sich jetzt begegnet waren, aber bedeutete das, dass es etwas Gutes war?

Ihr wurde es erspart, darüber nachzugrübeln, da die Abschlussfeier begann und sich ihre Studenten auf der Bühne versammelten, um ihre Diplome und Glückwünsche zu erhalten. Zella hielt eine mitreißende Rede an ihre Kommilitonen und Freunde und machte damit Temple stolz, und dann war Fibonacci mit seiner Rede an der Reihe.

Temple nutzte die Gelegenheit, ihn zu studieren. Es gab keinen Zweifel, dachte sie, dass Attico Fibonacci ein unheimlich gutaussehender Mann war mit einem Hollywood-Superstar-Äußeren, und er hatte eine Präsenz an sich, die irgendwie undefinierbar war.

Sie spürte einen Stupser und als sie aufsah, sah sie Nicolai, wie er sie angrinste, während er sich neben sie setzte. „Du beäugst immer noch den 'Fabelhaften Fibonacci'? Ich muss zugeben, er ist schon eine Augenweide."

Temple spürte, wie ihr Gesicht brannte. Nicolai bemerkte das, und sein Grinsen wurde noch breiter. „Du magst ihn."

„Ich kenne ihn nicht."

„Bringt er alles bei dir zum Kribbeln?"

Temple stieß ihren Ellbogen in seine Seite. „Sch, ich möchte da zuhören."

S IE BEOBACHTETE A TTICO , während er seine Rede hielt, die, auch wenn sie nicht weltbewegend und Kennedy-mäßig war, doch interessant genug war, dass sie sah, das ihre Studenten mitnickten. Als er zum Ende kam, sah sie ein Funkeln in seinen Augen, ein kleiner Schalk in seinem Gesichtsausdruck. „Was eure Zukunft angeht, kann ich nicht lügen, es wird Chancen und Gelegenheiten geben, und mit ihnen kommen große 'Aber'. Eine Gelegenheit wird sich ergeben, aber ihr müsst vielleicht weniger Gehalt in Kauf nehmen oder weiter weg von euren Familien ziehen. Es wird in allen euren Entscheidungen immer große 'Aber' geben, das kann ich nicht leugnen."

Temple grinste leicht. Sie sah, wie Fibonaccis Bruder hinter seiner Hand ein Glucksen unterdrückte, und sie begriff. Sie lachte leise auf und als sie das tat, blickte Attico zu ihr und lächelte. Gott, süß, sexy und *witzig*. Verdammt, er hatte wirklich alles, oder?

S IE LÄCHELTE IMMER NOCH , als sie sich ihren Weg zu ihren Studenten bahnte, die sich erlöst von der Formalität des Anlasses aufgeregt über die Party später unterhielten.

Zella umarmte Temple. „Du kommst auch, oder?"

„Natürlich, ich möchte für euch alle da sein. Gott, ich bin so stolz auf euch", sagte Temple zu der kleinen Gruppe von Studenten bei ihr. Barry, der blonde Quarterback-mäßige Schnuckel, grinste sie an.

„Da Sie jetzt nicht mehr unsere offizielle Tutorin sind, können wir jetzt zugeben, wie sehr wir in Sie verknallt sind?"

Temple verdrehte die Augen und kicherte. „Definitiv nicht und vergesst nicht, diese Sommerschule wird kein Zuckerschlecken. Ihr wollt es in euren Studienbüchern, ich sorge dafür, dass ihr dafür auch was tut."

„Zel meint, dass Sie über die Ausstellungsstücke nichts verraten."

„Gut." Die Stimme kam von hinter ihr, und Temples Kollege und der stellvertretende Dekan, Brett Forrester, tauchte auf. Die Studenten murmelten respektvoll eine Begrüßung, und Temple nickte Brett zu.

Er lächelte sie an. „Temple, kann ich dich einen Moment sprechen?"

„Selbstverständlich, stellvertretender Dekan Forrester."

Sie zwinkerte ihren Studenten zu und folgte Forrester aus dem Saal. Er war einer der wenigen Personen, die noch länger als Temple hier waren, ein Mann in seinen späten Vierzigern, der vom Abschiedsredner zum Tutor und dann zum stellvertretenden Dekan wurde. Der Rest der Kollegen war ob seines offenen Ehrgeizes auf der Hut, und selbst Dekan Corke sprach von ihm mit Hochachtung.

Temple war aus einem anderen Grund vor ihm auf der Hut. Brett Forrester war ein attraktiver Mann, und das wusste er. Er hatte ihr schon in der Vergangenheit eindeutige Avancen gemacht, aber Temple hatte ihm stets höflich einen Korb gegeben. „Wir arbeiten zusammen, Brett", sagte sie monoton. „Und eine meiner Regeln ist es, nichts mit Kollegen anzufangen."

Jetzt spürte sie aber, wie ihr mulmig ums Herz wurde. „Wie

du weißt, Temple, ist dieses Semester mein letztes hier an der Akademie, aber ich werde noch in der Sommerschule involviert sein."

„Das wusste ich nicht." *Verdammt.*

Brett nickte. „Oh, ja. Der Kurator des Museums ist ein guter Freund von mir, und er hat mich gebeten, die Leihgabe der Artefakte zu beaufsichtigen."

Temple spürte den Stachel. „Er vertraut mir nicht?"

Brett lachte kurz auf, legte seine Hand an die Wand und lehnte sich zu ihr vor. Temple machte einen Schritt zurück gegen den Stein. „Mach dir keinen Kopf, süße Temple, es gibt da keine Probleme. Ich sagte ihm einfach, wie nah wir uns stehen, dass ich bei einigen Kursen hospitieren würde. Das ist alles."

Auf keinen Fall. Nein. Das wird nicht passieren. „Brett, der Kurs ist mir sehr wichtig und auch meinen Studenten. Da darf es keine Ablenkungen geben."

Brett lächelte und lehnte sich noch weiter vor. „Ich freue mich darauf, mit dir eng zusammenzuarbeiten."

Igitt, hinterlistiger Schleimer. Sie stieß sich von ihm weg, verärgert und angepisst, er aber packte ihre Hand. „Komm schon, Temple. Wir beide wissen, dass das zwischen uns schon seit Jahren vorbestimmt ist."

„Was war vorbestimmt, Brett? Du, der sich weigert, ein Nein zu akzeptieren?" Temple hatte jetzt genug, und Bretts Gesicht blitzte vor Wut auf.

„Du arrogante, kleine Hure. Du hast dich schon immer für was Besseres gehalten."

Temple öffnete ihren Mund, um zu antworten, dann aber trat aus dem Schatten am Ende des dunklen Gangs Attico Fibonacci in das Licht. Seine grübelnden Augen fixierten Brett, und Temple zitterte unwillkürlich. Attico sah gefährlich aus, gefährlicher als sie es bei keinem anderen Mann jemals gesehen hatte. Gefährlich und umwerfend sexy.

„*Bonsoir*", sagte er monoton. „Mademoiselle Dubois, *ça va?*" Seine Augen forderten Brett heraus, für sie zu antworten.

„Es geht mir gut, danke, Mr. Fibonacci." Temple ließ die Dankbarkeit deutlich in ihrem Tonfall hören. Attico ging auf sie zu. Brett, der nicht nachgeben wollte, drängte sich noch näher an Temple, Attico aber bot Temple seinen Arm an, während er Brett immer noch ansah.

„Sollen wir? Ich habe eine Reservierung bei Il Lago."

Temple zögerte nicht und nahm seinen Arm. „Darauf freue ich mich, danke. Gute Nacht, Brett."

Sie wollte ob seines Gesichtsausdrucks lachen. Brett spielte nicht annähernd in derselben Liga wie Attico Fibonacci, und das wusste er auch. Temple ging mit Attico hinaus vor die Schule und wandte sich dann ihm zu. „Vielen Dank, Mr. Fibonacci. Ich weiß die Rettung wirklich zu schätzen."

Attico grinste sie an. „Das dachte ich mir. Brett Forrester ist ein schmieriger Typ."

„Das ist er, und Sie haben mich wahrscheinlich auch vor einer Verhaftung bewahrt. Er war kurz davor, einen Schlag ins Gesicht zu bekommen." Sie lachte halb entsetzt ob ihrer eigenen Worte. „Nicht, dass ich eine gewalttätige Person wäre."

„Forrester könnte eine Person dazu bringen. Ich bezweifle, dass irgendwer Ihnen die Schuld geben würde." Er lächelte sie an. „Und die Einladung zum Abendessen steht. Ich habe *tatsächlich* eine Reservierung bei Il Lago. Ich wäre entzückt, wenn Sie mir Gesellschaft leisten würden, aber absolut kein Druck oder keine Verpflichtung."

Temple blickte zu ihm auf. Jede Zelle ihre Körpers schrie sie an, die Einladung anzunehmen, und sie nickte. „Das fände ich sehr schön."

Attico sah zu ihrer Überraschung erleichtert aus. *Echt jetzt?* Ein Mann wie er war nervös, *sie* um eine Verabredung zu bitten? Komm schon ... das muss gespielt sein ... oder doch nicht?

„Das freut mich sehr. Ich wurde hierhergefahren, also muss ich ein Taxi rufen ..."

„Nun, wenn es Ihnen nichts ausmacht, von einer Frau in einem uralten Volkswagen gefahren zu werden, mein Auto steht auf dem Parkplatz." Sie lächelte ihn an, als er lachte. Er war amüsant, sicher, und Temple war ganz aufgeregt, dass sie mehr Zeit mit ihm verbringen konnte.

„Gehen Sie vor." Er bot ihr wieder seinen Arm an – so ein Gentleman – und sie gingen zum Parkplatz. Er lachte leise, als er ihr Auto sah. Der hellblaue Volkswagen Käfer wurde mit Rost und Klebeband zusammengehalten, aber Temple liebte ihn. Sie grinste, als sie seine Belustigung sah.

„Ich mag große Käfer, und ich kann nicht lügen", sagte sie zu ihm mit ihrer Zunge fest in ihrer Wange, und er lachte.

„Touché."

Sie stiegen ein, als Temple eine Handvoll Bücher vom Beifahrersitz auf die Rückbank legte. „Tut mir leid, der ist immer voll mit Zeug."

„Nein, ich mag das."

„Die Heizung funktioniert auch nicht."

„Immer hilfreich in den Alpen", lachte Attico, und sie grinste.

„Tut mir leid." Sie startete den Wagen und zuckte zusammen, als er ein Ächzen von sich gab.

Attico kicherte. „Sicher, dass er es noch bis in die Stadt schafft?"

„Oh ihr Kleingläubigen." Sie wandte sich ihm zu. „Sicher, dass Sie sich von niemandem verabschieden müssen? Ihrem Bruder? Dem Dekan?"

Attico lächelte. „Ich bin mein eigener Herr. Ich habe das getan, worum ich gebeten wurde. Jetzt darf ich mich mal amüsieren."

Temple ließ den Wagen laufen, während sie ihn studierte.
„Mr. Fibonacci ..."
„Attico."
„Attico ... Es bleibt aber beim Abendessen. *Abendessen.* Wenn Sie also irgendetwas anderes erwarten ..."

Er hielt seine Hände hoch. „Ich bin einfach dankbar, dass Sie mit mir zu Abend essen, Temple. Ich erwarte gar nichts."

Temple spürte Erleichterung – und kein bisschen Enttäuschung über seine Worte. Er war wunderbar, wenn er aber dachte, dass sie mit ihm direkt ins Bett steigen würde, dann würde er sich aber noch umgucken ... egal wie verlockend diese Aussicht auch sein würde.

Temple fuhr in die Stadt, und er lotste sie zum Hotel. Il Lago war im Four Seasons Hotel und Temples Augen weiteten sich, als Attico sie hineinführte. „Ich denke, ich bin nicht passend gekleidet."

Es war Atticos Meinung, dass sie für seinen Geschmack sogar viel zu *over*dressed war, er behielt das aber für sich. Er spürte, dass sich Temple nicht wohlfühlen würde, wenn er ihr ehrlich sagen würde, was ihre Gegenwart, ihre Gesellschaft, der Duft ihrer Haut mit seinem Körper anstellten. Dass ihr sauberes, frisches Parfum ihn verrückt machte, dass die Hitze ihrer Hand an seinem Arm ihn dazu brachte, dass er sie in den dunkelsten Alkoven zerren und sie küssen wollte, bis sie beide atemlos waren.

Stattdessen zog er ihren Stuhl für sie zurück, lächelte, als sie ihm dankte und setzte sich ihr gegenüber. „Nun, das ist ein sehr unerwartetes Vergnügen", sagte er und lachte. „Ich verspreche Ihnen, dass ich das nicht oft tue."

Temple blickte ihn skeptisch an, und er hielt seine Hände hoch. „Das ist wahr, egal was die Zeitungen auch sagen. Ich war jahrelang in einer Langzeitbeziehung und seit diese zu Ende ging, hatte ich kein Date mehr."

„Wer sagt denn, dass das ein Date ist?" Aber sie grinste und er kicherte.

„Touché. *Wieder* einmal."

„Haben Sie den heutigen Tag genossen?" Temple dankte ihm, als er ihr eine Speisekarte reichte und nickte, als er sie fragte, ob Rotwein in Ordnung wäre.

„Ich bin kein großer Fan von Redenhalten, aber es war ..." Er dachte eine Sekunde lang nach. „Es war interessant, wieder hier zu sein."

„Sie waren seit Ihrem eigenen Abschluss nicht mehr hier." Temple wurde ein wenig rot. „Daran würde ich mich erinnern."

Attico hielt ihren Blick fest. „Jetzt wünschte ich es."

Sie starrten sich für einen langen Augenblick an, dann grinste Attico, und Temple lachte. „Das wird eines dieser Gespräche sein, oder nicht? Zweideutigkeiten in allem, was wir sagen ..."

„... und ungeschicktes Flirten von meiner Seite", sagte Attico reumütig.

„Sie und ungeschickt? Das kann ich nicht glauben." Temple lächelte ihn an. „Niemand, der so aussieht wie Sie, könnte jemals ungeschickt sein."

„Vielleicht überrasche ich Sie ja, Temple Dubois. Erzählen Sie mir ... wie kommt es, dass Sie so lange auf der Fakultät gelebt haben?"

Temple zögerte, und es machte ihn traurig, als er sah, wie sich Vorsicht in ihren Augen breitmachte. „Meine Familie ... ich war allein, plötzlich, als ich acht war. Die Fakultät—" Sie verstummte allmählich und schüttelte den Kopf, als würde sie mit sich selbst streiten. „Die Fakultät trug dafür ein wenig Verantwortung. Ich habe hier mit meinem älteren Bruder gelebt—"

Plötzlich begriff Attico. Mit schwermütigem Herzen schloss er seine Augen und nickte. „Luc."

„Ja. Luc ist mein Bruder. Wie Sie wissen, wurde er unter anderem des Mordes an einer jungen Frau beschuldigt und hatte versucht, sich das Leben zu nehmen."

Atticos Herz klopfte schwer. „Ich weiß. Gott, Temple, das tut mir leid. Luc war ..."

Temple lächelte reumütig. „Sie können nicht wirklich sagen 'unschuldig', oder? Das ist okay, die Beweislage war ziemlich erdrückend."

Eine Wolke war über ihren Tisch gezogen, und Attico riskierte es, indem er ganz leicht ihren Handrücken berührte. „Es tut mir leid, Temple, wirklich."

„Über die Jahre gab es viele Gerüchte, aber niemand, der zu wissen scheint, was zur Hölle damals hier vor sich ging."

„Welche Art von Gerüchten?" Attico spürte Bestürzung in seinem Herzen, dass diese wunderbare, junge Frau all die Jahre mit diesem Horror hatte leben müssen.

„Über einen Geheimbund, mit dem Luc etwas zu tun hatte ... Hören Sie, es tut mir leid, das ist nicht wirklich eine fröhliche Unterhaltung beim Essen, tut mir leid. Wechseln wir das Thema."

Sie lächelte ihn an, aber Attico wusste nun, dass er keinerlei Beziehung mit ihr in Betracht ziehen konnte. Er wusste zu viel ... er hatte zu viel *getan* ... und das war seine Buße.

Verdammt noch mal ...

TEMPLE BEMERKTE die Veränderung in Atticos Stimmung und fragte sich, ob sie das Richtige getan hatte, indem sie ihm so viel erzählt hatte. Er war dort gewesen – vielleicht war es falsch, ihn an die Geschehnisse zu erinnern, aber es fiel ihr schwer, jemanden anzulügen, der dort gewesen war, jemand, der ihr sagen konnte, wie es war ...

Aber sie fühlte sich jetzt den Tränen nahe, da sich die Atmosphäre zwischen ihnen verändert hatte. Das Essen war hervorragend, und sie unterhielten sich immer noch ungezwungen, aber die Hitze, die da gewesen war, war fort. Attico bot ihr an, sie nach Hause zu begleiten, aber sie lehnte höflich ab. „Vielen Dank für das Abendessen, Attico."

Er küsste ihre Wange und hinterließ auf darauf ein brennendes Gefühl. „Es war mir eine Ehre, Sie kennenzulernen, Temple."

Und fort war er. Temple seufzte und startete den Wagen, fuhr nach Hause und trampelte niedergeschlagen die Stufen zu ihrer Wohnung hinauf.

„Verdammt", sagte sie, während sie ihre Handtasche auf die Couch warf. Sie fühlte sich so ernüchtert. „Warum musstest du mit so einer schweren Kost kommen? Du hast ihn vergrault!"

Aber sie musste Antworten zu ihren Fragen von jemandem bekommen, der da gewesen war, als Luc ...

Nein. Sie schob den Gedanken beiseite. Attico Fibonacci war für einen Abend ein angenehmer Zeitvertreib, aber das war es auch schon. Er war weder die Antwort auf ihre Fragen noch ein potenzieller Liebhaber. *Der erste* Liebhaber. Temple stöhnte und vergrub ihr Gesicht in einem Kissen. Sie wusste jetzt, wie es sich anfühlte, von jemandem so angeturnt zu werden, dass sich ihr Körper anfühlte, als würde er laut nach seiner Berührung schreien. Sie umklammerte das Kissen fest und ergab sich der Vorstellung, wie es gewesen wäre, mit Attico zu schlafen.

Diese Augen, diese dichten, grübelnden Brauen sendeten Blitze durch ihren ganzen Körper, als er näherkam, diese langen gepflegten Finger auf ihrem Körper, die ihr Kleid von den Schultern gleiten ließen. Seine starken Beine, die breiten Schultern, der Mund, dieser sinnliche Mund auf ihrem, dann auf ihrem Körper, wie er weiter runter glitt ...

„Hör auf!", knurrte sie in ihr Kissen und warf es dann quer durch das Zimmer. *Hör auf, dich wie ein Kind aufzuführen.* Attico Fibonacci spielte nicht nur nicht in ihrer Liga, sonder er war in einem ganz anderen Sonnensystem und die Tatsache, dass sie ihm gesagt hatte, dass sie nicht mit ihm schlafen würde, nur weil er sie zum Essen einlud ... nun, er hatte offensichtlich das Interesse verloren.

Seufzend stand Temple auf und ging ins Schlafzimmer, zog sich aus, bevor sie unter die Dusche ging. Später im Bett las sie noch eine Weile, bevor sie einschlief und davon träumte, wie sie nackt mit Attico dalag und all ihre Hemmungen über Bord warf, während er zärtlich Liebe mit ihr machte ...

4
KAPITEL VIER

Attico dankte dem Fahrer, als er aus der Limousine ausstieg und in den Flughafen ging. Tony war vor ihm und bereit, den Privatjet zu besteigen, aber Attico fühlte sich fast schon beraubt. Er hatte sich eigentlich gar nicht gefreut, hierher zu kommen, aber jetzt fühlte es sich an, als er wären noch einige Dinge unerledigt.

Temple Dubois. Er konnte sie nicht aus seinem Kopf bekommen, weil er sich ihr körperlich so hingezogen fühlte und auch, weil er jemand war, der ihren Bruder Luc vor seinem Unfall kannte. Er, Attico, konnte ihr helfen, die Antworten zu finden, die sie suchte ... aber das würde ihn etwas kosten. Das würde ihn viel kosten.

„Hey, Idiot, bist du bereit?"

Manchmal war es einfach, zu vergessen, dass Tony ein fünfundfünfzigjähriger Mann war. Attico zeigte ihm den Finger und lächelte. „Ich schwelge einfach in Erinnerungen."

„Über die heiße Lehrerin? Ja, ich weiß, dass du mit ihr gestern Abend angebandelt hast."

„Wir hatten zu Abend gegessen, das war alles."

Tony verdrehte die Augen. „Es lag auf einem Silbertablett, und du hast nicht zugegriffen?"

Attico ärgerte sich über Tonys Respektlosigkeit Temple gegenüber. „Mademoiselle Dubois ist spitze, Tony. Es überrascht mich nicht, dass dir das nicht aufgefallen ist."

„Oooh, Zicke." Tony amüsierte sich, als er aber sah, dass Attico nicht lächelte, lenkte er ein. „Du magst sie, hm?"

Attico nickte. „Aber für uns gibt es keine Zukunft."

Tony wartete, bis sie im Jet waren, bevor er wieder sprach. „Warum, Atti? Seit Lucinda hast du keine andere Frau angesehen und jetzt, da du diese Lehrerin getroffen hast—"

„Ihr Bruder ist Luc Monfils."

Verständnis breitete sich auf Tonys Gesicht aus. „Ah."

„Also verstehst du, warum ich nicht an ihr dranbleibe."

Tony lächelte leicht. „Obwohl du sie magst."

„Sie ist schön, klug, witzig ... und ich habe geholfen, ihr Leben zu zerstören."

„Atti."

Attico schüttelte den Kopf. „Nein. Bitte nicht."

Tony seufzte, blieb aber stumm. Attico starrte aus dem Fenster, als der Jet die Startbahn entlangfuhr und sich bereitmachte, abzuheben. Temple Dubois war ein süßer Zeitvertreib, aber keinesfalls konnte er bleiben und abwarten, ob ihre gegenseitige Anziehung zu etwas führen könnte.

Auf keinen Fall.

DIE WOCHE, die Temple mit Lesen und Entspannen zubrachte, war willkommen, aber jetzt war sie bereit, ihre Kurse für den Sommer zu halten. Es half auch, dass die Vorbereitungen sie von der Tatsache abgelenkt hatten, dass sie nach jenem Abend nichts von Attico Fibonacci gehört hatte. Sie musste zugeben – es tat ein wenig weh, aber sie begründete es damit, dass einige

Leute für einen kurzen Moment einfach in das Leben anderer platzen und damit die eigene Perspektive veränderten.

Und das war bei ihm der Fall. Nur für diesen einen Abend hatte er ihr das Gefühl gegeben, interessant, schön, weiblich zu sein. Begehrenswert. *Ein umwerfender Mann wollte mich,* sagte sie zu sich und lächelte. Selbst wenn daraus nichts geworden ist, es gab ihr dennoch ein gutes Gefühl.

Jetzt, als sie zu ihrem Hörsaal ging, lächelte sie und sah nicht, wie Brett Forrester neben ihr auftauchte, bis er sprach. „Hast du dein Date mit Fibonacci genossen?"

Temple seufzte. „Das geht dich nichts an, Brett."

Er lächelte dünn. „Weißt du, ich mag vielleicht nach dem Sommer die Schule verlassen, aber ich habe beim Dekan immer noch ein Stein im Brett. Du magst vielleicht etwas netter zu mir sein."

„Ich reagiere nicht auf Drohungen, stellvertretender Dekan," sagte Temple, ihre Stimme war deutlich und laut, damit die Studenten sie hören konnten, und Brett zog sich mit einem hochmütigen Lächeln zurück. Er setzte sich im Kurs ganz hinten hin, und Temple seufzte. *Ignorier ihn einfach.*

Sie lächelte ihre Studenten an. „Hallo zusammen, danke, dass ihr euch zu diesem Kurs angemeldet habt. Offensichtlich ist das außerhalb des normalen Studienplans, es wird aber ein Schein sein, der in euren Studienbüchern angezeigt wird."

Temple setzte sich auf die Kante ihres Schreibtischs. „Nun, wie ihr alle wisst, hat das Museum D'Nuit der Fakultät für eine Ausstellung in ein paar Wochen einige ihrer umstritteneren Artefakte geliehen. Die Kunstfakultät hat uns freundlicherweise den Zugang zu den Artefakten erlaubt, bevor sie der Öffentlichkeit gezeigt werden, also bekommt ihr einen direkten Zugang."

Sie grinste ihre Studenten an. „Ich weiß natürlich, dass einige der wissbegierigeren – oder neugierigeren – unter euch schon gerätselt, welche Stücke wir bekommen, und ja, jetzt kann ich bestätigen, dass wir *Le Tarot Du Sang D'Hiver*—das Tarot des Winterbluts – ausgiebig betrachten können."

Ein leichtes Raunen der Wertschätzung ging durch den Kurs, und Temple kicherte. „Also, für diejenigen von euch, die das nicht wissen, das Tarotkartendeck ist eines der ältesten, die jemals entdeckt wurden, und es wurde genau hier in der Akademie vor zweiundzwanzig Jahren während Bauarbeiten entdeckt."

Sie drehte sich zu ihrem Laptop und öffnete ein Bild von einer Tarotkarte. Sie bildete eine Frau mit verbundenen Augen, die an einen Scheiterhaufen gebunden war mit einer dämonischen Figur, die um sie herumtanzte, ab. „Das ist eine der wenigen Karten, die keine tatsächliche Gewalt zeigt. Wie ihr wisst, ist das Deck aufgrund seiner Abbildungen und grafischen Gewalt umstritten und gilt als eines der frauenfeindlichsten Kartendecks, die je hergestellt wurden. Aus diesem Grund gab es die Fakultät dem Museum, wo es aus offensichtlichen Gründen Gegenstand von Protesten und Kontroversen war."

Einer ihrer Studenten hob die Hand. „Ja, Damon?"

Damon, eine Sportskanone aus reichem Hause in Neuengland, lächelte. „Werden wird das ganze Deck sehen? Selbst die Große Arkana?"

„Natürlich. Der Dekan hat es genehmigt, und da ihr alle über achtzehn seid, brauchten wir auch nicht das Einverständnis eurer Eltern, obwohl ich wirklich hoffe, dass ihr das mit ihnen besprochen habt. Ich weiß, dass einige Leute Bedenken wegen der okkulten Natur einiger dieser Artefakte hatten, wie wir aber klargemacht haben, ist das kein Kurs, der sich mit dem Glauben beschäftigt. Das ist reine Kunstgeschichte."

Temple ging durch ein paar der anderen Stücke, die sie für den Rest des Kurses studieren würden, und erstellte für sie einen Plan, die Ausstellung zu besuchen. „Offensichtlich gelten die üblichen Regeln, also bitte keine Handys, Kameras, Kaugummi oder Flüssigkeiten in der Nähe der Ausstellungsstücke."

„Die Fakultät erwartet von euch allen bestes Verhalten", sprach Brett Forrester vom hinteren Teil des Raums und zog so die Blicke der meisten Studenten des Kurses auf sich.

„Nun, da wir hier alle Erwachsene sind ..." sagte Temple mit einem gereizten Unterton, während sie ihn anstarrte.

„Temple?" Rosario de Silva hob ihre Hand, und Temple lächelte sie an.

„Ja, Liebes?"

„Stimmt es, dass das Deck in jenen Jahren mit einem Mord in Verbindung stand?"

Temple spürte, wie sich ihre Brust zusammenzog. Sie hatte diese Frage erwartet. „Das ist etwas, was wir dann diskutieren werden, wenn wir die Stücke vor uns haben. Okay, fürs Erste ist der Unterricht beendet. Danke euch allen."

Sie ging wieder in ihr Büro, während sie einem sich nähernden Brett

aus dem Weg ging und schloss die Tür hinter sich. Ihre Augen weiteten sich, als sie die Blumen auf ihrem Schreibtisch sah. Wer ...?

Irgendwie wusste sie es schon, als sie die Karte öffnete.

Ich kann nicht aufhören, *an dich zu denken, Temple Dubois.*
Attico Fibonacci.

Im Umschlag befand sich noch eine weitere Karte – eine Einladung zu einer Kunstausstellung in Paris am Wochenende.

. . .

Sag ja, *und ich schicke den Jet, um dich abzuholen. Sag ja, Temple.*

Temple spürte, wie ihr Gesicht brannte und sich vor Freude und Überraschung der Magen zusammenzog. *Wow.* Der Gedanke, ihn wiederzusehen, bereitete ihrem Körper Schmerzen, ein Verlangen, auch wenn er in Wirklichkeit immer noch ein Fremder für sie war.

Seine Handynummer stand auf der Karte und bevor sie es sich ausreden konnte, rief sie ihn an. Er ging beim ersten Klingeln ran. „Hallo, Temple."

„Ja," sagte sie fast atemlos. „Ja, ich werde nach Paris kommen."

„Gut", sagte Attico und wieder spürte sie seine Erleichterung. „Ich kann es kaum erwarten, dich wiederzusehen."

„Nur, dass du Bescheid weißt ..."

„Ich erwarte nichts anderes als deine Gesellschaft, Süße, das schwöre ich." Gott, seine tiefe Stimme brachte ihren Bauch vor Verlangen zum Drehen.

„Also ist das geklärt."

Er kicherte. „So ist es. Ich wollte dich einfach wiedersehen."

„Paris."

„Ich kann es kaum erwarten. Wir sehen uns am Wochenende."

5

KAPITEL FÜNF

New York...

ATTICO BEENDETE den Anruf mit dem breitesten Lächeln auf seinem Gesicht. Es war schon eine Woche her, seit er sie gesehen hatte, und das war zu lange. Er hatte nicht mit Tony darüber gesprochen, aber an diesem Morgen hatte er spontan die Idee gehabt. Einer seiner Freunde, Maceo Bartoli, hielt eine Ausstellung in Paris in seiner neuen Galerie und als er die Einladung auf seinem Schreibtisch sah, hatte Attico gewusst, dass er Temple einladen wollte.

Jetzt hatte sie zugesagt und er rief seinen Assistenten, Jeph, herein, um den Privatjet zu organisieren. Jeph, ein katzenhafter Hipster aus Queens, grinste ihn an. „Klatsch?"

Attico verdrehte die Augen. Er und Jeph arbeiteten schon so lange zusammen, dass sie fast schon Familie waren, und Attico amüsierte sich stets über Jephs Hang zum Tratschen.

„Ich hab in der Schweiz ein süßes Mädchen kennengelernt."

Jephs Augen leuchteten auf. „Toll. Erzähl mir mehr."

„Da gibt es noch nicht viel zu erzählen, außer, dass sie zugestimmt hat, nach Paris zu fliegen und mich dieses Wochenende dort zu treffen. Kannst du den Jet schicken?"

Er gab Jeph alle Einzelheiten, und sein Assistent stand auf, um das Zimmer zu verlassen. „Oh, warte." Er drehte sich wieder zu Attico um, und dieses Mal lächelte er nicht. „Ich hab neulich abends Lucinda im George getroffen."

Attico seufzte. Was jetzt? Jeph schien zu zögern. „Atti ... sie ist schwanger."

Autsch. Als würde ein Ziegelstein auf seiner Brust landen. „Nun ... ich hoffe, sie ist glücklich", sagte er monoton und nickte Jeph zu. Jeph verstand das Signal, Attico in Ruhe zu lassen, und schloss still die Tür hinter sich.

Attico drehte seinen Stuhl, um hinaus über Manhattan zu blicken. *Schwanger.* Wie viele Jahre hatten sie es versucht und keinen Erfolg gehabt, und jetzt, innerhalb von Monaten war sie schwanger?

„Fuck." Er sagte es leise, aber der Schmerz war real. Er sehnte sich nach einem Kind – etwas, was er noch niemandem anvertraut hatte, *jemals*. Jeden Monat, den er mit Lucinda verbrachte, war er so aufgeregt gewesen, wenn sie überfällig war, dass sie einen Test gemacht hatte und sie Eltern werden würden. Er war fast vierzig – er wollte bald Kinder, damit er noch fit und fähig genug war, mit ihnen zu spielen und herumzurennen.

Er blickte auf die Uhr. Er hatte heute Abend mit ein paar Kunden eine späte Besprechung, aber bis dahin ... er schnappte sich seine Tasche und ging hinaus. Er fuhr zu seinem Fitnessstudio und trainierte, um all den Frust, den er in sich spürte, herauszulassen. Auf dem Laufband steckte er seine Kopfhörer ins Ohr und drehte die Musik auf, während er kilometerweit lief.

Nach einer halben Stunde verlangsamte er sein Tempo, als ihm auffiel, dass da nur noch eine weitere Person da war, die trainierte, nämlich ein Mann mittleren Alters, den er erst vor Kurzem hier beim Trainieren gesehen hatte. Attico nickte ihm höflich zu.

„Hallo." Der Mann schnaufte am benachbarten Laufband, und Attico hatte die seltsame Idee, dass er versucht hatte, mit ihm Schritt zu halten.

„Hey." Attico wischte sich über das Gesicht und stieg vom Laufband. Es war unter dem Klientel des Fitnessstudios nicht üblich, Gespräche zu beginnen, weshalb er überrascht war, als der Mann sein eigenes Tempo verlangsamte und ihn anlächelte.

„Denny Fleet." Er streckte seine Hand aus, und da er nicht unhöflich sein wollte, schüttelte Attico sie.

„Attico Fibonacci."

„Oh, ich weiß. Sie sind hier berühmt. Das neue Gebäude auf der Fifth ist spektakulär."

Attico schenkte ihm ein höfliches Lächeln. „Vielen Dank, aber das habe ich eigentlich den Architekten in meinem Team zu verdanken."

„Ah, nicht so bescheiden. Ich habe ihre anderen Arbeiten gesehen, hier, in Seattle, Chicago. Bin ein großer Fan."

„Sie verfolgen die Immobilienbranche?"

Denny nickte. „Ja. Frustrierter Architekt. Die Familie wollte, dass ich ins Finanzwesen einsteige, habe das immer bereut."

„Es ist nie zu spät für Veränderungen."

„Ah, ich weiß nicht. Egal, schön, Sie kennengelernt zu haben."

„Gleichfalls."

Attico beendete sein Training und ging zu den Duschräumen. Als er den Parkplatz des Fitnessstudios eine Weile später verließ, bemerkte er nicht das Auto, das ihm folgte, auch dann nicht, als es vor seinem Bürogebäude parkte. Der Fahrer beobachtete, wie Attico hineinging und fuhr dann still davon in die Nacht.

∽

Genf

TEMPLE FOLGTE ihren Studenten in die Ausstellungshalle, wo die Artefakte, die sie studieren sollten, bereitgelegt waren. Wie sie vorhergesagt hatte, ging der gesamte Kurs schnurstracks auf die Auslage mit den Tarotkarten zu. Temple wappnete sich für das, was sie als Welle der Bestürzung erwartete. Sie wusste, dass die Karten grafisch waren, aber selbst sie war nicht darauf vorbereitet, wie makaber sie waren. *Jesus,* dachte sie, *sie sind entsetzlich.*

Jede der vier Farben des Decks – *Stäbe, Kelche, Schwerter* und *Münzen* – zeigte Szenen der Verführung, Abartigkeit und Gewalt, aber es waren die zwölf Karten der Großen Arkana, die wirklich schockierend waren. Jede zeigte einen Mord, jede eine hilflose Frau, die gefesselt und geknebelt und von Dolchen und Schwertern durchbohrt war. Sogar bei den positiven Karten – *Gerechtigkeit, Die Liebenden* zum Beispiel waren deren Bedeutung verdreht und beschmutzt.

Temple sammelte sich, als ihr bewusst wurde, dass sie mit offenem Mund dastand. Kein gutes Bild für die Lehrerin. „Okay, also ... offensichtlich ist das das Winterblut-Tarot oder *Le Tarot Du Sang D'Hiver.* Also, trotz seines französisch klingenden Namens folgt es tatsächlich den italienischen Stil der vier Farben mit Stäben, Kelchen, Schwertern und Münzen und es wird angenommen, dass es im späten fünfzehnten Jahrhundert erschaffen worden war. Von wem, das wissen wir nicht, aber ich denke, wir können sicher sagen, dass das hier eher als ein okkultes Deck gilt als eines zum Kartenspielen."

„Temple?" Zella, wie der Rest des Kurses, sah etwas aufgewühlt aus. „Warum sollte irgendwer ... ich meine, das ist krank."

„Das ist es, aber dann wiederum sprachen wir zuvor auch über historische Perversion. Kaiser Tiberius bei *Villa Jovis*, die Babylonier, Caligula ..."

„Aber das ist so ... warum sind alle Opfer Frauen?" Das war jetzt Rosario, deren Stimme zitterte, während sie die Karten studierte.

„Warum sind sie es immer?", murmelte Zella, und Temple nickte.

„So war es schon immer, ich stimme zu, aber wir werden uns mit seiner Geschichte auseinandersetzen und decken hoffentlich etwas von dem ..." sie sah auf die Karten, „*Hass* auf, der hinter diesen Dingen liegt."

SPÄTER, als sie alleine zu Hause saß und die Lektionen für die nächste Woche plante, piepte ihr Handy.

Hallo.

Sie grinste. Attico. *Auch hallo.*

Ich wusste nicht, ob ich dir schreiben sollte oder ob das zu aufdringlich wäre.

Temple lachte und rief ihn zurück. „Du fliegst mich nach Paris. Ich denke, es ist okay, dass du mir schreibst. Oder mich anrufst."

Attico lachte. „Da ist was dran. Wie geht's dir?"

„Gut, danke. Ich unterrichte die Sommerschule. Es sind nur ein paar Kurse in der Woche, aber dadurch kann ich mir neue Stifte leisten." Gott, sie klang wie eine alte Frau. „Oder, du weißt schon, irgendwas Cooleres."

„Hey, nein, ich bin da ganz bei dir, was die Stifte angeht – ich liebe den Geruch von ihnen, wenn sie frisch gespitzt sind ... okay, das klingt irgendwie falsch."

Temple kicherte. „Oder du hast einfach schmutzige Gedanken."

„Das auch. Aber ich meine das ernst mit den Stiften."

„Warst du gerne in der Schule?"

„Ich hab's geliebt, meistens."

„Freak."

Attico gluckste. „Du weißt es. Ich freue mich, dich wiederzusehen, Temple."

„Ich mich auch. Hm ... da gibt es etwas, das ich dich gerne fragen möchte."

„Wir haben dir ein Zimmer gebucht, Temple, im George V. Ein *Einzel*zimmer. Ich sagte dir, dass ich nichts als deine Gesellschaft bei der Ausstellung möchte, das schwöre ich dir."

„Danke." Temple wünschte, er könnte sie lächeln sehen. „Du bist ein Gentleman, Attico Fibonacci."

„Ich versuche es. Ich kenne die Scheiße, die Männer gerne verzapfen, besonders einige meinesgleichen, die denken, dass sie mit Geld alles und jeden kaufen können, den sie wollen. Wenn ich dir immer wieder beweisen muss, dass ich nicht einer von denen bin, dann werde ich das tun."

Temple spürte, wie sich bei seinen Worten in ihrer Brust Wärme ausbreitete. „Du bist schon halbwegs da", sagte sie sanft und hörte, wie er lachte.

„Das hoffe ich doch."

Temple schloss ihre Augen. „Ich kann es kaum erwarten, dich zu sehen", sagte sie, bevor sie sich bremsen konnte, aber wusste schließlich, dass es die Wahrheit war.

„Ich auch", sagte Attico. „Zwei Tage, Temple."

„Zwei Tage."

AM NÄCHSTEN TAG ging sie Luc im Krankenhaus besuchen und war überrascht zu sehen, dass er lachte und gesprächig war. Das waren seltene Tage, wenn er fast so wie der alte Luc schien. „Temple, er ist gekommen. Er ist heute gekommen."

Temple runzelte die Stirn. „Wer ist gekommen, Liebling?"

„Er. Er hat mir gesagt, dass er sich um dich kümmert, dass er das immer tun wird. Er ist nett."

Temple fragte ihn über seinen mysteriösen Besucher aus, aber Luc schüttelte einfach den Kopf und nannte den Mann „ihn" und regte sich auf, wenn Temple ihm zusetzte.

„Einfach er", fuhr er sie an und drehte sich dann weg, während ein dünner Faden Sabber von seiner Lippe lief. Temple wischte ihn für ihn weg und wechselte das Thema, aber später, als Luc eingeschlafen war, ging sie zu den Schwestern und fragte sie, wer ihren Bruder besucht hatte.

Zwanzig Minuten später fuhr sie zurück zur Akademie, die Geschwindigkeitsbegrenzungen ignorierend und mit zusammen-gebissenen Zähnen und vor Wut schäumend. *Arschloch. Völliges, absolutes Arschloch.*

Sie stürmte in Richtung Brett Forresters Büro und scherte sich den Teufel, überhaupt anzuklopfen. Der Anblick Forresters, mit heruntergelassener Hose, wie er eine der Lehrassistentinnen fickte, ließ sie dann doch wie angewurzelt dastehen. Die Lehrassistentin, Delia irgendwas, quietschte vor Schreck, Temple aber war zu aufgebracht, als dass es ihr etwas ausmachte.

„Raus", bellte sie die Frau an, die ihre Kleider schnappte und weglief. Brett, der überhaupt nicht beunruhigt war, grinste blöd, während er seine nachlassende Erektion wieder in seine Unterhose stopfte und den Reißverschluss seiner Hose zumachte.

„Echt, Temple, wenn du einen Dreier willst, dann musst du nur fragen."

„Halt deine Fresse, Forrester. Halt deine gottverdammte Fresse. Wie kannst du es wagen, in mein Privatleben einzudringen?"

„Ich bin sicher, dass ich nicht weiß, was du meinst." Aber das Lächeln war immer noch da, und Temple wollte es ihm aus seinem arroganten Gesicht schlagen.

„Du hältst dich von meinem Bruder fern. Er hat nichts mit der Schule und schon gar nichts mit dir zu tun. Wie kannst du es wagen?"

Er bewegte sich so schnell, dass sie keine Zeit hatte, sich zu bewegen, und blitzschnell hatte Brett Temple gegen die Wand gedrückt. „Du undankbare, kleine Schlampe. Du hast keine Ahnung, was ich für dich, für deinen Bruder, getan habe. Es ist an der Zeit, dass du mir etwas Dankbarkeit zeigst."

Seine Hände waren unter ihrem Rock und bewegten sich ihre Schenkel hinauf. Temple stampfte auf seinen Fußrücken, und er ließ sie vor Schmerzen aufschreiend los. Temple versuchte, der Faust auszuweichen, sie stieß aber mit ihrem Kiefer zusammen, und sie wurde gegen Bretts Schreibtisch geschleudert. Er packte sie und drückte sie auf ihren Bauch und stieß ihre Beine auseinander. „Dankbarkeit", knurrte er, als er ihren Rock hochriss und ihre Unterhose herunterzog.

Temple schrie und kämpfte, während Brett sie herunterdrückte, dann spürte sie plötzlich, wie er von ihr abließ, während eine andere Stimme vor Wut brüllte. Sie wirbelte herum, zog ihren Rock über ihr Hinterteil und sah, wie Attico Fibonacci Brett durch den Raum schleuderte. Brett war Atticos Größe nicht gewachsen, und er krümmte sich zusammen, als er in die Steinmauer krachte.

Attico war im Nu bei Temple, hob sie in seine Arme, als sie aufstand und unkontrolliert zitterte und vor Schock unfähig war, zu sprechen. Ohne zu reden, trug er sie zum Büro der Schwester und trat die Tür mit seinem Fuß auf.

Die Schwester stand schockiert da, machte dann die Trage frei, damit Attico Temple drauflegen konnte. „Was ist passiert?"

„Brett Forrester hat versucht, sie zu vergewaltigen", sagte

Attico, der vor Wut aufgewühlt und hitzig war. Er strich mit seiner Hand über Temples Stirn, als sie anfing, wiederzugeben, was gerade geschehen war.

„Liebes? Temple?" Die Schwester, Joan, nahm ihre Hand. „Liebes, soll ich die Polizei rufen?"

„Ja." Attico.

„Nein." Temple fand endlich wieder ihre Stimme. Sie lehnte sich an Attico, dessen harter Körper ihre aufgeriebenen Nerven tröstete. „Es geht mir gut. Bitte, ich will keine Polizei hier."

Attico, das musste man ihm zugutehalten, widersprach ihr nicht, sein Mund aber formte eine harte Linie. „Er hat sie geschlagen."

„Mein Kiefer tut ein bisschen weh." *Sehr.*

Joan nickte. „Ich hol dir Schmerzmittel und etwas Eis. Warte hier."

Als sie allein waren, blickte sie zu Attico auf. „Das ist das zweite Mal, dass du mich vor Brett gerettet hast. Was tust du hier? Ich dachte, ich würde dich in Paris treffen."

Er nahm ihr Gesicht in seine große Hand. „Ich konnte nicht länger warten. Ich bin vor einer Stunde gelandet, und ich wollte dich anrufen und überraschen. Ich weiß nicht, was mich dazu verleitet hat, zuerst hierher zu kommen ... Ich hatte gehofft, dich hier persönlich zu sehen. Aber nicht *so.* Geht es dir wirklich gut?"

„Mir geht's gut. Ich bin nur etwas durcheinander."

Sein Daumen streichelte ihre Wange, und es fühlte sich so gut an, dass Temple ihre Augen schloss und sich hinein lehnte. Sie spürte, wie er mit seiner anderen Hand durch ihr Haar strich. Sie öffnete ihre Augen und blickte zu ihm auf – Gott, er war wunderschön – und dann beugte er seinen Kopf und streifte mit seinen Lippen ihre.

So, so süß und doch viel zu kurz. Joan kam zurück, und Temple hatte keine Zeit, ihre Gefühle zu verarbeiten. „Bitte schön, Liebes. Halte das einfach an deinen Kiefer; hoffentlich hilft das gegen die Blutergussbildung." Joan reichte ihr den Eisbeutel und ein paar Aspirin. Temple warf sie ein und hielt den Beutel an ihr Gesicht.

Joan lächelte sie an. „Okay?"

„Es geht mir gut."

Joan warf Temple hinter Atticos Rücken einen Blick zu und formte ein „Wow" mit ihren Lippen. Das heiterte Temple auf, und sie kicherte. Joan machte eine Geste, die sie zum Schweigen bringen sollte. „Also, euch beiden geht's gut?"

„Ja, danke, Joanie."

„Gern geschehen, Liebling." Sie sah Attico an. „Passen sie auf sie auf, Sir. Sie ist uns allen sehr kostbar."

Attico lächelte die Schwester an. „Mir auch. Nochmal danke."

Als sie allein waren, bot Attico Temple seine Hand an. „Darf ich dich nach Hause fahren?"

Sie nickte. „Ich hab meinen Käfer hier."

„Ich kann ihn fahren, gar kein Problem."

Temple grinste ihn an. „Das will ich jetzt aber sehen."

Trotz ihrer Neckerei fuhr er ihr uraltes Auto ohne Probleme zu ihrer Wohnung, und sie lud ihn ein, mit hineinzukommen.

„Bist du sicher? Ich möchte nicht ..."

„Fibonacci, beweg deinen süßen Arsch die Treppen rauf", sagte sie und lachte. „Ich habe einen Kühlschrank voller Bier und ein Sofa für zwei. Klingt das gut?"

„Das klingt perfekt."

ATTICO BEOBACHTETE, wie sie sich in ihrer winzigen Küche bewegte und Chips und Bier holte und half ihr, als ihre Hände zu vollbeladen waren. Sie machten es sich auf ihrem Sofa bequem, unterhielten sich und empfanden es als überraschend einfach, nicht über die Geschehnisse des Abends zu sprechen. Er spürte, dass sie es einfach vergessen wollte, und er respektierte das. Er würde das nicht vergessen. Er würde Brett Forrester bezahlen lassen und wenn es das Letzte war, was er tun würde.

Aber was heute Nacht anbelangte, beließ er es bei leichter Konversation. Nur in einem T-Shirt und eine knielangen Rock gekleidet, sah sie jünger aus, als sie war. Ihr dunkles Haar fiel locker über ihre Schultern. Ein Bluterguss bildete sich an ihrem Kiefer, und er konnte nicht umhin, seine Hand auszustrecken und ihn zu streicheln. „Tut das weh?"

Sie schüttelte den Kopf und sah ihn an. Er lächelte und lehnte sich vor, um sie zu küssen. Ihre Lippen öffneten sich, als sie auf seine trafen, und sie umschlangen sich, tief, langsam, während seine Zunge ihre liebkoste. Gott, sie schmeckte so süß.

„Attico?"

Er konnte nicht aufhören, ihr schönes Gesicht anzufassen. „Ja?"

„Ich ... ähm ... ich weiß nicht, ob ... ich bin noch nicht bereit für ..."

Er lächelte. „Temple, ich meine es ernst, wenn ich sage, dass ich überhaupt nichts erwartet habe. Was möchtest *du* denn?"

Sie zögerte lange. „Dich. Ich will dich *wirklich,* Attico, das schwöre ich. Ich hab einfach noch nicht ..."

Attico begriff es plötzlich. „Oh. Wow."

Temple biss sich auf die Lippe. „Ja ... ich weiß, das ist verrückt, aber ich wollte es einfach noch nie zuvor."

Er lächelte, während er ihre Wange streichelte. „Wie ich sagte, nichts muss passieren, bis du es nicht auch willst. Wenn du es jemals willst."

„Sag das nicht ... Ich *will* dich, Attico. Ich kann nicht aufhören, an dich zu denken, es ist nur—"

„—es ist okay, Liebes. Lernen wir uns einfach nur kennen."

Er schlang seinen Arm um ihre Schulter und zog sie näher an sich heran, und sie kuschelte sich an ihn, ihr Kopf ruhte auf seiner Brust. „Fändest du es komisch, wenn ich dich bitten würde, über Nacht zu bleiben?"

Er liebte die Art, wie ihre Stimme bebte, sich seiner und sich selbst so unsicher. „Ich würde mich geehrt fühlen. Ich kann auf der Couch schlafen. Das ist kein Problem."

Temple nickte und sah dann zu ihm auf und schüttelte fast unmerklich den Kopf. „Nein ... würdest du dich zu mir legen?"

Er drückte seine Lippen auf ihre. „Das fände ich sehr schön."

TEMPLE FRAGTE SICH, ob sie ihn zu sehr reizen würde, indem sie ihn bat, bei ihr zu liegen, aber sie brauchte seine Gegenwart, seine Arme um sich. Bretts Angriff hatte sie mehr mitgenommen, als sie Attico gegenüber zugab, und sie brauchte jemanden – nein, sie brauchte *ihn* –, der über Nacht bei ihr blieb.

Im Schlafzimmer zog sie schüchtern ihr T-Shirt und ihren Rock aus, während er seinen Pulli über den Kopf zog. Gott, er war überwältigend, mit breiten Schultern, gut definierten Muskeln, flachem Bauch. Sie spürte, wie ihr Gesicht knallrot wurde, als sie sah, dass er ihre Bewunderung bemerkt hatte. Attico ging zu ihr, legte seine Arme um ihre Taille und zog sie zu sich heran. Er war so groß, dass ihre Brüste gegen seinen Bauch drückten. Sie konnte nicht anders, als sich klein und kostbar in seinen Armen zu fühlen.

„Du bist so schön", sagte er sanft und beugte seinen Kopf, um sie zu küssen.

Temple spürte seine Erektion durch seine Unterhose, und er lächelte reumütig. „Tut mir leid. Er ist außer Kontrolle, wenn ich in deiner Gesellschaft bin."

Sie kicherte, dankbar, dass er einen sonst peinlichen

Moment so ungezwungen machen konnte. Sie legten sich zusammen auf das Bett, und Attico zog sie zu sich heran und schlang seine muskulösen Arme um sie. Er hob ihr Gesicht an, damit er es küssen konnte. „Ich bin froh, dass ich zurückgekommen bin."

„Ich auch, aus mehreren Gründen und nicht nur wegen Brett Forrester", sagte sie mit einem Lächeln. „Ich habe seit dem Abend, an dem wir uns begegnet sind, nur noch an dich gedacht."

„Ich auch." Er streichelte ihre Wange mit seiner Fingerspitze. „Wir haben ganz viel Zeit, uns kennenzulernen."

„Haben wir das?"

Er grinste. „Nenn mich impulsiv, aber mein Geschäft bedeutet, dass ich von überall auf der Welt arbeiten kann. Und im Moment passt es mir, hier in Genf zu arbeiten. Ich würde dich wirklich sehr gerne kennenlernen, Temple Dubois."

Sie wusste nicht, wann sie letztendlich eingeschlafen waren, nachdem sie bis tief in die Nacht geredet hatten. Sie wusste lediglich, dass, als sie am Morgen aufwachte und immer noch in seinen Armen lag, sie sich zum ersten Mal in langer Zeit zufrieden fühlte.

KAPITEL SECHS

P*aris*

TEMPLE BLICKTE aus dem Fenster des Jets, als Paris unter ihnen auftauchte. „Wow. Wow."

Attico, dessen Finger mit ihren verwoben waren, grinste sie an. „Zum ersten Mal in Paris?"

Temple nickte. „Zum ersten Mal überhaupt aus der Schweiz draußen."

Attico blickte überrascht drein. „Wirklich?"

„Wirklich." Sie grinste ihn an. „Du wunderst dich wegen meines Akzents?"

„Ja."

Temple lachte. „Ich war mein ganzes Leben von amerikanischen Akzenten umgeben. Meine Eltern waren Amerikaner."

„Was ist mit ihnen passiert?"

„Autounfall. Meine ältere Schwester starb ebenfalls. Draußen, auf einem Bergpass, als sie von einem Konzert zurückkamen."

„Das tut mir leid."

Sie lächelte, sagte aber nichts mehr, sondern blickte einfach nur aus dem Fenster. „Es ist so wunderschön."

„Da gebe ich dir Recht." Aber er sah sie an, und der Blick in seinen Augen brachte ihren ganzen Körper vor Verlangen zum Erbeben. „Aber im Vergleich zu dem, was ich hier habe, ist die Aussicht gar nichts."

Sie stöhnte vor Verlangen auf und zog seine Lippen wieder auf die ihren. Sie hatten nicht einmal bemerkt, als das Flugzeug gelandet war, so vertieft in ihrer Umarmung waren sie. Erst, als ein peinlich berührter Pilot zu ihnen kam und hustete, ließen sie voneinander ab.

ATTICO FUHR sie ins Stadtzentrum von Paris und zum George V Hotel. Temple hatte nie zuvor so etwas gesehen – selbst die Akademie erblasste neben dessen Opulenz. Attico hatte ihr tatsächlich ein Einzelzimmer gebucht, aber sie war erleichtert, dass es an seines angrenzte. Selbst wenn sie nicht miteinander schliefen, wollte sie ihn dennoch in ihrer Nähe wissen.

Und auch wenn es ihr Angst machte, je mehr Zeit sie mit ihm verbrachte, desto mehr schrie ihr Körper ihr zu, dass Attico der Eine war, der Eine, den sie für ihr erstes ... sogar für ihr letztes Mal wollte. Er war so witzig, albern, charmant ... so unheimlich sexy. Als sie am Morgen kurz vor ihm aufwachte, hatte sie seinen Schwanz gespürt, wie er hart, dick und lang an ihrem Schenkel ruhte, und das Einzige, woran sie denken konnte, war, ihn in sich zu spüren. Nachdem sie überprüft hatte, dass er schlief, fuhr sie sanft mit ihren Fingern seine Länge entlang und spürte, wie er zuckte und steif wurde. Er war riesig, und sie fragte sich, ob sie, eine Jungfrau, seiner Größe überhaupt gewachsen war ...

Sie zitterte nun bei dem Gedanken daran, es war aber kein ängstliches Zittern. Ihr ganzer Körper fühlte sich an, als würde Strom auf ihrer Haut pulsieren, wenn er in ihrer Nähe war und wenn er sie ansah, wenn seine grünen Augen intensiv auf ihren ruhten, dann wollte sie nackt mit ihm sein und Liebe machen.

„Alles okay?"

Sie waren im Fahrstuhl zu ihrer Etage und Attico lächelte ihr zu. Sie blickte mit leuchtenden Augen zu ihm auf und hoffte, dass er das Verlangen in ihnen sehen konnte. „Mehr als okay."

Er berührte ihre Wange mit einem Finger und dann gingen sie zu ihrer Suite. Als Attico ihr die Tür öffnete und sie zuerst hineinließ, staunte sie ob der Schönheit dieses Ortes.

„Ich bin direkt nebenan ..."

Sie drehte sich zu ihm um. „Das ist wunderschön, Attico ... aber ... zwei Zimmer scheinen doch Verschwendung zu sein." Sie wurde knallrot, aber er lächelte.

„Dann sehen wir die Suite nebenan einfach als ... Schlupfloch an. Nur für alle Fälle."

Er zog sie in seine Arme und küsste sie. „Möchtest du ein Nickerchen machen, bevor wir ausgehen?"

Plötzlich war sie gar nicht mehr müde. Sie blickte durch ihre langen Wimpern zu ihm auf und schüttelte langsam ihren Kopf. „Nein, ich bin nicht müde ... Attico."

Zögernd ließ sie ihre Hand zu seiner Leiste gleiten und spürte, wie sein Schwanz umgehend reagierte. Seine Augen ruhten ernst auf ihren. „Bist du sicher?"

Sie nickte, da sie nicht in der Lage war zu sprechen. Er streichelte ihr Gesicht. „Wir gehen es langsam an, Liebling. Ich verspreche dir, dass ich dir nicht weh tun werde ... und wann auch immer du aufhören willst oder du Angst bekommst, dann hören wir auf, okay? Versprich mir, dass du es mir sagst, wenn du Angst bekommst."

„Das verspreche ich." Ihre Stimme war tief und rau, als er sie zu dem gewaltigen Bett führte. Er küsste sie und lehnte dann seine Stirn an ihre.

„Ich werde dich so feucht machen, Temple, dass du nur Spaß empfinden wirst ..." Er fing an, das leichte Baumwollkleid, das sie trug, aufzuknöpfen, und schob es von ihren Schultern, sodass sie nur noch in BH und Höschen dastand. Er glitt mit einer Hand ganz gemächlich über ihren Bauch. „Du bist göttlich. Leg dich für mich hin, Baby."

Temple ließ ihn die Führung übernehmen, als er ihren Körper mit seinem bedeckte und währenddessen sein eigenes Hemd auszog. Er küsste ihren Mund, glitt mit seinen Lippen ihren Kiefer entlang, drückte sie gegen die Vertiefung auf der Unterseite ihrer Kehle.

Temple schnappte nach Luft, als er eine Seite ihres BHs herunterzog und ihren Nippel in den Mund nahm. Seine Zunge peitschte um ihren Nippel, während seine Hand in ihr Höschen glitt und anfing, ihren Kitzler zu streicheln. Süße Empfindungen durchströmten ihren Körper, und ihre Hände waren scheinbar ganz von selbst auf seiner Brust und streichelten sie und fühlten wie sich die harten Muskeln unter ihrer Berührung zusammenzogen.

Attico saugte an ihren beiden Nippeln, bis sie steinhart und übersensibel waren, dann waren seine Lippen auf ihrem Bauch, während seine Zunge um ihren Nabel kreiste, tief hineintauchte, bis er vor Verlangen zu beben anfing.

Temple spürte, wie ihr Geschlecht von feuchter Wärme durchströmt wurde, während er sie beinahe zum Höhepunkt streichelte. „Bitte", flüsterte sie eindringlich, „ich möchte zum ersten Mal kommen, wenn du in mir bist."

Attico hockte sich hin, zog ein Kondom aus seiner Jeans,

während er sie auszog und seinen zügellosen Schwanz aus seiner Unterhose befreite. Temple sah zu, während er das Kondom überzog und ihre Beine um seine Taille schob. „Langsam", versprach er, und sie nickte und konnte es jetzt kaum noch abwarten.

In dem Moment, als sein Schwanz sie leicht anstieß, bekam sie kurz Panik, aber dann war er mit einem langen, langsamen Stoß in ihr, und Temple schrie auf, als sich die Lust und der Schmerz vermischten. Sie liebten sich langsam, küssten sich, bauten die Spannung zwischen sich auf, bis Temple eine Explosion der Ekstase durch ihren Körper spürte und sie zitterte und bebte, als sie mit Atticos Mund auf ihrem kam.

Danach lag er neben ihr und streichelte ihren Bauch, während sie wieder zu Atem kam. „Geht es dir gut?"

Temple gab ein atemloses Kichern von sich. „Mehr als das."

Er fuhr die Linie ihres Bauches zu ihrem Bauchnabel herab. „Dein Körper ist unglaublich."

„Ha. Danke. Es könnte nicht schaden, ein paar Pfund abzunehmen."

„Schwachsinn." Er küsste sie. „Ändere gar nichts, du bist perfekt."

Sie nahm seine Wange in ihre Hand. „Du bist derjenige, der perfekt ist. Wann verliere ich den anderen Schuh?"

Er zog die Stirn in Falten. „Was meinst du?"

Sie kicherte, um ihm zu zeigen, dass sie Spaß machte. „Weißer Ritter, überaus großzügig, unglaublicher Liebhaber. Wo ist der Haken?"

„Ha, ich bin keineswegs perfekt, und ich bin sicher, dass du das noch herausfinden wirst. Aber die Sache ist die, Temple ... ich möchte es sein. Ich möchte perfekt sein, solange ich mit dir zusammen sein kann. Ich würde dich niemals im Stich lassen wollen."

„Wir haben genügend Zeit, uns darüber Sorgen zu machen,

Fehler zu machen. Und das werden wir. Ich weiß, dass ich das werde." Sie grinste ihn an. „Bis dahin ... können wir das noch mal machen?"

Und sie lachte, als Attico triumphierend grinsend ihren Körper mit seinem bedeckte und sie noch einmal von vorne anfingen.

„GOTT, wie soll ich mich auf diese Ausstellung konzentrieren, wenn du dieses Kleid trägst?", murmelte Attico ihr zu, als sie ihm ihren Mantel überreichte und sich drehte, damit er sie sehen konnte. Ein mitternachtsblaues, perlenbesetztes Kleid, rückenfrei, und hellgoldener Schmuck, der ihre Haut zum Leuchten brachte. Ihr Haar war zu einem lockeren seitlichen Knoten gebunden.

„Du bist wunderbar", sagte er. „Und ich zeige dir heute Nacht, wie wunderbar du bist, wenn wir zurück im Hotel sind."

Temple grinste ihn an. Ihre Schenkel taten weh, ihr Geschlecht pochte, nachdem sie fast den ganzen Nachmittag Liebe gemacht hatten und sie von all den Endorphinen immer noch ganz high war. Ihre Finger waren mit seinen verflochten, und da war eine neue Nähe, als würden sie beide ein Geheimnis teilen. Was sie, wie sie fand, auch taten. Jedes Mal, wenn er sie berührte, fühlte sie sich beschwingt, als müsste sie ihre Freude hinausschreien.

Attico schien ebenfalls positiv gestimmt zu sein und grinste und machte Scherze. Es machte sie froh, zu sehen, dass die Traurigkeit, die sie bei ihrer ersten Begegnung in seinen Augen gesehen hatte, verschwunden war. Sie konnte nicht wirklich glauben, dass sie es war, die ihn so glücklich machte.

„Komm und lerne Maceo kennen", sagte er und führte sie quer durch die Galerie zu einem unglaublich gutaussehenden Mann, der sie mit einem Lächeln begrüßte. Attico stellte sie

Maceo Bartoli vor, der dann auch seine Frau Ori zu sich rief, um sie zu begrüßen.

Temple fühlte sich unter all diesen perfekten Menschen schüchtern, und für einen Moment wollte sie weglaufen und sich im Badezimmer verstecken. Aber sowohl Maceo als auch Ori waren unglaublich freundlich, und sie führten Attico und Temple durch die Ausstellung.

„Ich hoffe, dass du hier was kaufst", sagte Maceo zu Attico mit einem Grinsen, und Attico lachte.

„Ich schaue mich hier tatsächlich um. Ich baue vielleicht bald ein neues Hotel, zumindest ist das der Plan."

„Wo?"

Attico grinste Temple an. „Genf. Vielleicht am See."

„Wie schön. Komm, holen wir uns noch etwas zu trinken, und dann können wir über all die Kunstkritiker lästern."

Temple entschuldigte sich und ging zum Badezimmer und als sie zurückkam, wurde sie von einem Mann aufgehalten. „Hi", sagte er mit einem freundlichen Lächeln. „Ich habe gesehen, dass sie mit Attico Fibonacci hierhergekommen sind."

Sie nickte ein wenig misstrauisch.

„Wir sind alte Freunde aus New York. Entschuldigen Sie meine Manieren, Denny Fleet." Er streckte seine Hand aus, und sie schüttelte sie.

„Temple Dubois."

„Schön, Sie kennenzulernen. Ich wusste gar nicht, dass Attico so eine hübsche Partnerin hat. Ja, sehr schön, Sie kennenzulernen. Ah, ich sehe, dass Attico nach Ihnen sucht, ich möchte Sie nicht länger aufhalten."

Okay, dieser Kerl war ein bisschen eigenartig. Temple lächelte höflich und ging und wollte Attico über ihn ausfragen, aber dann stellte Attico sie noch anderen Freunden vor und sie vergaß den seltsamen Mann völlig.

Der Abend schritt in einer Flut von Gesprächen, Getränken

und exquisiter Kunst voran, und es war kurz nach Mitternacht, als Attico und Temple ein Taxi zurück ins Hotel nahmen. Auf halbem Wege bat Attico den Fahrer, sie zuerst zum Eiffelturm zu fahren. Sie stiegen unter dem Turm aus, der im Nachthimmel hell erleuchtet war und funkelte.

Temple spürte, wie Tränen ihr in die Augen schossen. Das alles war wie ein Traum – die Stadt, der Turm – der Mann, der jetzt gerade ihre Hand hielt. Sie schüttelte den Kopf und lachte und erzählte ihm, was sie gerade gedacht hatte.

„Es ist kein Traum", sagte er sanft. „Das ist nur der Anfang. Wir werden so ein glückliches Leben führen, Temple. Das weiß ich tief in meinem Innersten. Es war Schicksal, dass wir uns begegnet sind."

Und als sie zum ihm aufsah, da wusste Temple, dass er die absolute Wahrheit sagte.

KAPITEL SIEBEN

G*enf*

„WARUM STRAHLEN SIE SO?", fragte Zella Temple drei Tage später, als sie sich auf den Weg zur Ausstellung machten. „Wurden Sie flachgelegt?"

Temple prustete vor Lachen. „Ich bin mir absolut sicher, dass du mit dieser Frage alle Fakultätsregeln gebrochen hast."

„Mir egal, ich hab meinen Abschluss. Die können mir den jetzt nicht wegnehmen. Also? Und lügen Sie nicht, wir alle haben nämlich diesen umwerfenden, scharfen Kerl gesehen, der Sie jeden Morgen zur Fakultät fährt. Obwohl es schon gemein von Ihnen ist, dass Sie ihn Ihre Schrottkiste fahren lassen."

„Hey, Delilah ist mein treuer Käfer. Sprich ja nicht schlecht von ihr."

„Sie geht der Frage aus dem Weg." Grey tauchte hinter ihnen auf. Er stupste Zella an. „Und du bist nutzlos, was die Informationsbeschaffung angeht. Kommen Sie schon, Tem, spucken Sie es aus."

„Keine Chance. Kommt, machen wir uns an die Arbeit. Sind alle da?"

SIE VERBRACHTEN DEN MORGEN DAMIT, abwechselnd über jedes der Artefakte zu diskutieren. Temple hatte entschieden, die Diskussion des Tarotkartendecks bis zur letzten Woche aufzuschieben, weil es so viel dazu zu sagen gab. Trotzdem konnten weder sie noch ihre Studenten umhin, sich immer wieder diese grausamen Karten anzusehen.

„Was ich nicht verstehe", sagte Rosario eines Nachmittags, „ist, welchen Zweck sie so erfüllen würden? Niemand wird darum bitten, sich von solchen Karten die Zukunft voraussagen zu lassen, es sei denn sie wollen wissen, wie sie sterben werden."

„Na ja, genau genommen haben die Bilder während des Kartenlesens gar nicht so viel mit der Bedeutung der Karten zu tun. Der Narr, zum Beispiel, nun, seine Bedeutung ist dieselbe, ob es nun dieses Deck oder das *Hanson Roberts*- oder das *Witches*-Tarot ist."

„Und die wurden hier in der Akademie gefunden?"

Temple nickte. „Vor ungefähr zwanzig Jahren. Die Bauunternehmer haben sie perfekt erhalten in einer alten Dose nach dem Abriss einer Wand gefunden. Gerüchten zufolge sollen sie aber dorthin gelegt worden sein, *nachdem* die Wand abgerissen wurde."

Sie ließ diese Information sacken. „Sie meinen ... jemand hat es da hingelegt, damit es so aussieht, als wäre es seit Jahren vergraben gewesen?"

Temple nickte. „Das ist nur meine Theorie."

„Wegen des Mordes?"

Temple holte tief Luft und nickte. Sie alle wussten, wer ihr

Bruder war, wo er jetzt war, was geschehen war. „Offensichtlich können wir das nicht innerhalb des Aufgabenbereichs des Kurses diskutieren, weil ich befangen sein könnte – und tatsächlich bin."

„Wenn Sie mich fragen, glaubt keiner von uns, dass Ihr Bruder irgendetwas damit zu tun hatte."

Temple lächelte jetzt Zella an. „Zella, du warst noch nicht mal geboren, als das passiert ist. Woher willst du das wissen?"

„Weil niemand, der Ihre DNA mit Ihnen teilt, verantwortlich für einen Mord sein könnte. Das ist einfach keine Option."

Der Rest des Kurses murmelte zustimmend und Temple spürte, wie sich ihre Augen mit Tränen füllten. „Vielen Dank", sagte sie und ihr versagte die Stimme.

„Vielen Dank euch allen dafür."

Sie erzählte Attico davon, als er sie abholen kam, und er lächelte sie an. „Ich bin ganz ihrer Meinung. Sind die Karten so schlimm?"

Temple nickte. „Komm und schau sie dir an."

Sie nahm ihn zur Ausstellung mit, und sie sahen sich gemeinsam die Karten an. „Mein Gott", sagte Attico und schüttelte den Kopf, aber da war noch etwas in seinen Augen, das sie nicht verstand.

„Was?"

„Ich hasse den Gedanken, dass du von solchen Dingen umgeben bist", sagte er. „Sie strahlen das Böse aus."

Sie nickte. „Dagegen lässt sich nichts sagen." Sie berührte das Glas über einer der Großen Arkana. „Diese hier verfolgt mich."

Attico sah die Karte an. Temple nickte dorthin. „Das Gericht. Die zeigt für gewöhnlich den Engel Metatron, zumindest denken wir, dass es Metatron ist, der die Toten überwacht, wie sie von ihren Gräbern auferstehen. Aber diese hier, die weinende Frau, die über einem jungen Mädchen steht, deren Kehle durchschnitten ist. Das ist so grausam. Als würde die Karte die Frau dafür verurteilen, dass sie die andere Frau nicht rechtzeitig gerettet hat. Als würde sie sagen 'vor dem Bösen gibt es keinen Schutz'. Gott." Sie zitterte, und Attico legte seinen Arm um sie.

„Lass uns gehen, Tem. Du hast für einen Tag schon viel zu viel Zeit mit diesen Dingen zugebracht."

ER FUHR sie zurück zu ihrer Wohnung. Er übernachtete jetzt dort bei ihr, und es war komisch, aber nach einem Tag fühlte es sich bereits so an, als sollte er einfach dort sein. „Ich bin sicher, dass deine Wohnung in Manhattan siebzehnmal größer als die hier ist und auch eine bessere Aussicht hat."

„Hey, ob du es glaubst oder nicht, ich bin ein einfacher Kerl und diese Wohnung ist einfach hinreißend. Und ich habe genau da die beste Aussicht."

Er schlang seine Arme um ihre Taille, und sie kicherte. „Kitschig."

„Darauf kannst du wetten." Er blickte auf seine Uhr. „Hör mal, ich möchte das nicht tun, aber ich habe ein paar Anrufe nach New York zu tätigen. Ich muss sicherstellen, dass Tony meine Firma nicht gegen die Wand fährt."

„Mach du nur. Ich mach uns das Abendessen. Ist Pasta okay für dich?" Sie grinste, als ihr klar wurde, dass sie einen Italiener fragte, ob er Pasta wollte. „Vergiss es."

Als sie Wasser für die Pasta kochte und Knoblauch, Zwiebeln und Tomaten für die Sauce in Stücke schnitt, grübelte sie darüber nach, wie natürlich das alles schien, obwohl sie noch nie zuvor so etwas nur ansatzweise hatte. Ein Familienessen. Als sie aufwuchs, war sie es die meiste Zeit ihres Lebens so gewöhnt, in der Cafeteria der Fakultät zu essen, dass sie sich, selbst nachdem sie in ihre Wohnung gezogen war, anfangs nur von Müsli ernährt hatte und gar nicht erst für nur eine Person kochen wollte.

Aber jetzt, da Attico da war, konnte sie Köchin spielen, die alten Kochbücher ihrer Mutter hervorkramen, um etwas zu finden, das seinen feinen Geschmack traf. Attico schien aber mit allem glücklich zu sein, was sie machte – bis jetzt zumindest.

Sie waren gemeinsam nach einem herrlichen Wochenende mit Sightseeing und Sex aus Paris zurückgekommen, und jetzt konnte sich Temple kaum an eine Zeit erinnern, in der sie diesen Mann noch nicht gekannt hatte. Alles an ihm war einfach … richtig.

„Du grinst wie eine Irre", sagte er jetzt, als er in das Zimmer trat und sein Handy wieder in seine Hosentasche steckte. Er küsste ihren Hals und tat dann so, als würde er hineinbeißen, und sie musste kichern.

„Wegen des Irren, der hier bei mir ist", sagte sie. Sie drehte sich in seinen Armen um und küsste ihn. „Und ich hoffe, dass du Hunger hast, weil ich nämlich die Pasta überschätzt habe, und jetzt haben wir hier genug für eine kleine Armee."

„Du kennst mich. Ich esse alles auf."

Aber als sie die Pasta vor ihn auf den Tisch stellte, dann wurde er ein wenig blass. „Du hast nicht übertrieben."

Temple lachte. „Nee. Aber die Freuden von Pasta sind die, dass man sie auch später noch essen kann, mach dir also keine Gedanken, sie aufzuessen."

„Oh je, kalte Pasta?" Er verzog sein Gesicht, und sie grinste.

„Ah, also habe ich etwas Neues gelernt. Kalte Pasta, was?"

„Und … und sag bloß niemandem in den Staaten davon, aber Erdnussbutter und Marmelade. Geht gar nicht."

Temple tat so, als würde sie aus allen Wolken fallen. „Bist du dir sicher, dass sie dich wieder ins Land lassen?"

„Nicht, wenn sie das herausfinden. Wie steht's mit dir, gibt es irgendein Essen, das gar nicht geht?"

Temple überlegte. „Es gibt eine französische Wurst, die heißt Andouillette. Die besteht aus Kutteln." Sie machte ein würgendes Geräusch.

„Es ist alles gesagt." Attico sah irgendwie entsetzt drein und lachte dann. „Ist notiert, steht nicht so auf französische Wurst ..."

„Aber italienische Wurst ..." Sie beide prusteten, und Attico schüttelte den Kopf.

„Warum fühle ich mich in deiner Gegenwart wie ein Teenager?"

Temple verzog keine Miene. „Kannst du dich noch daran erinnern? Echt jetzt?"

„Oh verbrenne." Attico brach in Lachen aus, und seine Augen kräuselten sich, während er gluckste. „Hör mal, Kindchen, jetzt, wo du es erwähnst ... dieser alte Mann braucht Hilfe beim Aufstehen und Insbettgehen."

„Oh echt?" Temple quietschte vor Lachen, als er sie auf seinen Schoß zog. Sie schlängelte mit ihrer Hand hinunter zu seiner Leiste und drückte seinen Schwanz. „Hmm, es scheint mir, dass dieser alte Mann keine Probleme hat aufzu*stehen*."

„Ich habe dich zum Schlechten verleitet", stöhnte Attico gespielt. „In nicht einmal einer Woche habe ich dich zum Schlechten verleitet."

„Ich weiß, gut gemacht, Mr. Fibonacci." Temple küsste ihn und kicherte. „Sieh mich ruhig als verleitet an und bereit, zu noch viel Schlechterem verleitet zu werden."

„Ist dem so? Nun, in diesem Fall, müssen wir vielleicht gar nicht erst ins Schlafzimmer."

In Blitzesschnelle hatte er sie auf dem Boden auf dem Wohnzimmer und überdeckte sie mit Küssen, pustete mit seinen Lippen auf ihrer Haut, bis sie vor Lachen weinte. Er zog sie langsam aus und legte ihre Beine über seine Schulter. „Leg dich hin, Schöne", sagte er und grinste zu ihr herab. „Ich werde dafür sorgen, dass du so heftig kommst, dass sie dich noch in Österreich schreien hören."

Temple seufzte glücklich und tat, wie ihr gesagt wurde und keuchte und stöhnte, als seine Zunge um ihren Kitzler peitschte. Sie war fast am Höhepunkt angelangt, als ihr Handy klingelte.

„Ignoriere es", kam der Befehl von zwischen ihren Beinen hervor, und sie keuchte zustimmend.

Erst, als das Handy wieder klingelte, setzte sie sich auf. „Tut mir leid, Schatz, ich muss da rangehen. Vielleicht ist es Luc."

Attico setzte sich auf und seufzte. „Natürlich. Bitte, geh ran."

Temple warf ihm einen entschuldigenden Blick zu, als sie ihr Handy aus ihrer Tasche auf dem Sofa herausholte. „Tut mir leid, Baby." Sie blickte auf das Display. „Verdammt, es *ist* die Einrichtung."

Sie ging an das Handy, und eine vertraute Stimme begrüßte sie. Es war Lucs Pflegerin. „Temple, es tut mir so leid, dass ich Sie stören muss, aber es ... es ist Luc."

Noch bevor sie die Worte sprach, wusste Temple, was sie sagen würde. Ihr geliebter, gebrochener Bruder war fort.

Luc war tot.

KAPITEL ACHT

Temples Augen fühlten sich so an, als wäre Sand darin. Während die Ärzte mit ihr sprachen, hörte sie zu, aber es blieb nichts hängen. Luc war tot. Ihr letztes Familienmitglied war fort. Sie sagten ihr, dass die Schwestern ihn während der letzten Visite des Abends tot im Bett vorgefunden hatten.

„Sein Körper hat einfach aufgegeben", sagten sie ihr, aber Temple konnte es nicht glauben. Trotz all seiner Probleme war Luc gesund und vital, auch wenn sein Gehirn geschädigt war. Es gab keinerlei Anzeichen, dass er krank gewesen war.

Sie spürte Atticos Arme um sich. „Liebling, ich bringe dich jetzt nach Hause."

„Ich möchte Luc nicht allein lassen."

Atticos drückte seine Lippen auf ihre Schläfe. „Sie bringen ihn zum Gerichtsmediziner, Baby. Wir können dort nicht bei ihm bleiben, aber ich verspreche dir, dass ich dich morgen früh sofort dort hinbringen werde."

Auf der Fahrt zurück in ihre Wohnung hielt Attico ihre Hand. „Es tut mir so leid, Liebling. Ich kann mir das gar nicht vorstellen."

„Er war erst in deinem Alter, Attico. Und trotz allem ... schien es ihm wirklich gut zu gehen. Ich kann es nicht glauben."

Ihr versagte die Stimme, und sie fing an, leise zu weinen. Attico hielt am Straßenrand an und zog sie in seine Arme. „Baby ..."

Temple wusste nicht, wie lange sie da saßen, aber schließlich erreichten sie wieder ihre Wohnung. Attico brachte sie dazu, eine Tasse heißen Tee zu trinken und brachte sie ins Bett. Sie streckte ihre Hand nach ihm aus. „Ich brauche dich bei mir."

„Gib mir fünf Minuten, Baby, um ein paar Anrufe zu tätigen, und dann gehöre ich dir."

Sie diskutierte nicht mit ihm, nickte nur und schloss ihre Augen. Sie war eingeschlafen, noch bevor er aus dem Zimmer war.

Attico schloss die Schlafzimmertür leise und ging ins Wohnzimmer und wählte Tonys Nummer. Er erzählte seinem Bruder, was geschehen war.

„Herrgott, das arme Kind." Tony war mitfühlend.

„Ich weiß. Hör mal, ich weiß nicht, warum, aber irgendetwas an Luc Monfils' Tod ist verdächtig."

„Warum denkst du das?"

Attico seufzte. „Es kam total überraschend, Tony. Trotz seiner Probleme war er ziemlich gesund."

„Vegetierte er nicht einfach so vor sich hin?"

Attico war still, und Tony fluchte leise. „Tut mir leid, das war geschmacklos. Hör mal ... nach allem, was passiert ist ..."

„Das ist es ja, Tony. Es ist zu viel Zufall. Tony ... das Tarotkartendeck ist wieder in der Akademie."

Dieses Mal war Tony vor Fassungslosigkeit still. „Sind die denn komplett verrückt?"

„Sie *wissen* es nicht, Tony. Sie kennen nicht seine Geschichte.

Sie denken, es wurde in der Fakultät gefunden, aber sie sind ahnungslos, was Winterblut angeht. Es wurde ja ziemlich gut vertuscht, so wie es aussieht."

„Scheiße, Atti. Das Letzte, was wir brauchen, ist, wenn die ganze Scheiße rauskommt. Ich sage das wirklich ungern, aber vielleicht war Monfils' Tod das Beste, was passieren konnte."

„Sag das nicht. Temple ist allein, weil er gestorben ist."

„Du hast Recht. Tut mir leid. Aber Atti, vergiss nicht, dass du nichts falsch gemacht hast."

„Du weißt, dass das nicht stimmt."

„Du hattest mit der Gesellschaft nichts zu tun, Atti. Und wie zur Hölle hättest du wissen sollen, wie verdammt krank deren ehemalige Mitglieder waren?"

„Das Mädchen ist gestorben."

„Hast du sie getötet? Nein. Du warst ein Kind, Atti. Ein *Kind*."

NACHDEM ER AUFGELEGT HATTE, saß Attico im Wohnzimmer. *Scheiße*. Jetzt, da Luc tot war, würde in der Presse über seinen Tod berichtet werden und all die Scheiße von früher würde hochkommen. Temple würde dann wissen, dass er, Attico, mehr darüber wusste, was ihrem Bruder geschehen war, als er ihr erzählt hatte. Keine großartige Art und Weise, in ihrer Beziehung Vertrauen aufzubauen.

Attico erinnerte sich immer noch an jene furchtbare Nacht, als die junge Frau ermordet worden war. Er war derjenige, der ihre Leiche, an einen Laternenmast auf dem Akademiegrundstück gebunden, fand. Sie wurde erstochen, durchbohrt von einem Schwert, das aus dem Museum gestohlen worden war. Wie sie gekleidet war, in einer mittelalterlichen Robe, mit verbundenen Augen... die Szene wurde direkt von einer der Winterblut-Tarotkarten kopiert. Er war derjenige gewesen, der ihren Mörder anzeigte.

Attico selbst wurde von der Polizei befragt, aber dann war sein Vater aufgetaucht, und Attico verschwand wieder in die Staaten. Er wusste, dass er nichts mit dem Tod zu tun hatte, aber dadurch fühlte er sich auch nicht besser. Der Zusammenhang mit dem Winterblut-Tarot stand in Verbindung mit der Gesellschaft an der Akademie. Er war sich bewusst, dass einige seines Jahrgangs von der kürzlichen Entdeckung fasziniert gewesen waren, aber nicht, dass sie an ihre entsetzliche tödliche Ideologie glaubten.

Und nun wurde es an die Akademie zurückgegeben und Luc Monfils war tot und mit ihm möglicherweise die letzte Verbindung, warum das Mädchen getötet wurde, außer Attico selbst. *Verdammt.* Er wusste, dass er nichts mit Temple hätte anfangen sollen, aber er konnte nicht anders. Er hatte ununterbrochen an sie gedacht, und am Ende musste er wieder nach Genf fliegen, um sie zu finden.

Gott sei Dank hatte er das, weil ansonsten Brett Forrester sie vergewaltigt hätte und Temple zerstört worden wäre. *Gott.* Sie hatte nicht die Polizei gerufen, aber er hatte darauf bestanden, dass sie das dem Dekan meldete. Brett Forrester wurde umgehend aus der Fakultät geworfen, und Attico hatte dummerweise angenommen, dass all ihre Probleme jetzt vorbei sein würden.

Dieses verdammte Kartendeck ...

„Atti?"

Er hörte ihre leise Stimme aus dem Schlafzimmer und nachdem er sein Handy im Wohnzimmer liegen ließ, ging er zu ihr. Temple saß im Bett auf und sah immer noch benommen, vom Schlafen derangiert aus, aber sie streckte ihre Hand nach ihm aus, und er ging zu ihr.

Seine Lippen waren sanft auf ihren. „Liebes ... wie geht es dir?"

„Taub."

Attico legte seine Arme um sie und drückte seine Lippen auf

ihre Stirn. „Das mit Luc tut mir so leid, Temple. Ich würde alles tun, um ihn wieder zurückzuholen."

„Ich bin nur dankbar, dass er friedlich eingeschlafen ist", murmelte Temple, während sie ihr Gesicht an seine Brust drückte, „und dass du hier bist." Sie blickte zu ihm auf. „Ich habe kein Recht, nach dieser kurzen Zeit deine Unterstützung zu erwarten, und wenn das für dich zu schwere Kost ist ..."

„Pst", Attico lächelte zu ihr hinab und streichelte ihre Wange. „Wir sind von nun an eins, okay? Wir nehmen die Dinge, wie sie kommen, und ich unterstütze dich dabei."

Er spürte, wie ihr Körper sich an seinem entspannte. „Ich weiß, es mag in solch einer Nacht komisch sein ... aber ich muss jetzt in deiner Nähe sein." Ihre Stimme zitterte, immer noch nervös. „Schläfst du mit mir?"

Seine Lippen waren fest auf ihren, noch bevor sie ihren Satz beendet hatte. Langsam zogen sie sich aus, und Attico zog sie zu sich heran. „Meine süße Temple ... du bringst mein Herz zum Singen."

Sie hatte Tränen in ihren Augen, aber sie sprach nicht, nickte nur und sie fingen an, Liebe zu machen, ließen sich Zeit und genossen jede Empfindung, jede Berührung.

Seine Finger glitten sanft ihren Körper hinab und streichelten die weiche Kurve ihres Bauches, bevor sie zwischen ihren Beinen eintauchten und ihren Kitzler mit seinem Daumen liebkosten. Er glitt mit zwei Fingern in sie hinein und spürte ihre feuchte Wärme, während seine Zunge ihren Mund erkundete.

Ihre Hände waren auf seinem Schwanz, streichelten und neckten ihn, bis er so hart war, dass es schon fast schmerzte. Temple rollte das Kondom über seine dicke Länge, und Attico hakte ihre Beine um seine Hüfte ein.

Er neckte sie, indem er nur ein paar Zentimeter in sie stieß, um sich dann gleich wieder zurückzuziehen, und grinste ob ihres Stöhnens vor Frustration, bevor er mit einem langen, harten Stoß seinen Schwanz tief in ihrer samtenen Möse vergrub. Gott, sie war so fest, aber trotz ihrer Unerfahrenheit wusste sie, was sie zu tun hatte, um ihn zu beglücken, indem sie ihre vaginalen Muskeln um ihn anspannte und ihre Schenkel an seine Hüfte drückte und sie dadurch aufrichtete, um sich ihm weiter zu öffnen. „Herrgott, Temple, du bist so verfickt schön ..."

Seine anstößige Sprache schien etwas in ihr zu entfachen, und ihr Liebesspiel wurde grob, fast schon animalisch bei ihrem Bedürfnis nach einander. Attico drückte ihre Hände mit seinen auf das Bett und blickte zu ihr herab und runzelte die Stirn, während er seinen Schwanz tiefer und härter in sie stieß. Temple wölbte ihren Rücken, stöhnte und keuchte und war komplett in dem Moment mit ihm versunken.

Er beobachtete ihr Gesicht, als sie kam, und staunte über die rosafarbene Rötung ihrer Wangen, der Glanz ihres feuchten Schweißes auf ihrer dunklen Haut. Attico erreichte seinen Höhepunkt, stöhnte und vergrub sein Gesicht an ihrem Hals, während er nach Luft rang.

Sie brachen auf dem Bett zusammen, atemlos, zitternd und sich küssend, ihre Blicke ineinander ruhend. Attico wusste, dass er in Schwierigkeiten steckte. Dieses Mädchen ... sie war berauschend. Er nahm ihr süßes Gesicht in seine Hände. „Ich bin verrückt nach dir, Temple Dubois."

„Und ich nach dir, Attico. So sehr."

Und für den Rest der Nacht zeigten sie sich gegenseitig immer wieder, wie wichtig sie sich waren.

KAPITEL NEUN

Temple las immer wieder den Autopsiebericht durch, aber die Wirklichkeit setzte sich einfach nicht. *Todesursache ... Ersticken.*

Luc wurde *ermordet.*

Temple drehte sich um und übergab sich im Abfalleimer des Gerichtsmediziners. Sowohl er als auch Attico lenkten sie zurück auf ihren Stuhl, und Temple vergrub ihren Kopf in ihren Händen. „Ich kann es nicht glauben."

„Das tut mir so leid, Mademoiselle Dubois, aber weder ich noch meine Kollegen haben den geringsten Zweifel. Wir müssen jetzt natürlich die Polizei einschalten."

Temple nickte. „Natürlich."

Der Gerichtsmediziner sah Attico an. „Ich geb Ihnen etwas Privatsphäre."

„Vielen Dank, Doktor."

Temple blickte zu Attico auf. „Es gibt lediglich einen Menschen, der das tun würde."

„Forrester."

Sie nickte. „Er ist der Einzige mit einem Motiv."

Attico setzte sich neben sie. „Ich sage das nur ungern, aber ...

wie schaut es mit der Familie des Mädchens aus, für dessen Mord Luc verdächtigt wurde?"

Temple schüttelte den Kopf. „Sie wurde nie identifiziert. Und nach all der Zeit? Sie hatten über zwanzig Jahre, sich zu rächen." Sie seufzte und lehnte sich in Atticos Arme. „Nein, es muss Brett sein. Der verkorkste Scheißkerl."

Als aber die Polizei Brett Forrester befragte, hatte er ein wasserfestes Alibi. „Ich war in Wien", erzählte er ihnen von oben herab, „mit ungefähr dreihundert Zeugen. Ich sprach zwei Tage lang auf einer Konferenz. Ich werde Ihnen eine Liste der Teilnehmer geben."

Die Polizei erzählte es Temple, und sie war ratlos. Attico bemerkte, dass der Polizeichef Temples Reaktionen genau beobachtete. Mit einem Ruck wurde ihm bewusst, dass auch Temple eine Verdächtige war und als der Polizeichef sie alleine gelassen hatte, sprach er das Thema vorsichtig an.

„Schatz, es besteht die Möglichkeit, dass du auch befragt werden könntest."

Temple blinzelte. „Was?"

„Kein Grund zur Sorge. Du hast auch ein Alibi – nämlich mich. Ich meine ja nur, dass die Polizei alle möglichen Wege prüfen wird."

Temple blies die Backen auf. „Mein Gott."

„Ich weiß. Aber sie müssen bei einem Mord alles prüfen."

Sie nickte und sah erschöpft aus. Attico küsste sie. „Liebling, ich denke wirklich, ich sollte dich wegbringen. Geh für eine Weile mit mir in die Staaten."

Sie schüttelte den Kopf. „Danke, aber ich kann nicht. Ich muss Lucs Beerdigung organisieren, und ich habe immer noch den Sommer über eine Verpflichtung mit der Schule. Ich lass meine Studenten nicht hängen."

. . .

Ihre Studenten wussten natürlich Bescheid und als sie in den Kursraum trat, sah sie die riesige Anordnung von Blumen und brach beinahe zusammen. Für einen Moment wusste sie nicht, was sie sagen sollte, aber am Ende nickte sie und versuchte zu lächeln und bedankte sich mit gebrochener Stimme.

Grey streckte seine Hand hoch. „Temple, können wir heute über das Tarot sprechen?"

Temple war dankbar, dass ihre Studenten spürten, dass sie nicht über Luc reden wollte und nickte dankbar. „Kein Problem. Sollen wir noch zusammenfassen, was wir bereits wissen und dann jede Karte diskutieren? Offensichtlich werden wir nicht das ganze Deck besprechen können, also konzentrieren wir uns auf die Große Arkana, okay?"

Die Studenten murmelten zustimmend, und Temple machte die Projektionswand an und ging durch eine Übersicht von Bildkarten des Tarotdecks. Sie ging durch das Alter, die Geschichte, die Materialien, die für die Karten verwendet wurden, und gab den Studenten dann ein schnelle Stegreifaufgabe über die Geschichte des Tarots und warf jedem Studenten Fragen zu. Sie lächelte sie an. „Super, ihr beherrscht die Materie. Okay." Sie blies ihre Backen auf. „Fangen wir mit einer der weniger gewalttätigen Karten an, wenn es denn so eine gibt." Sie zeigte eine einzelne Karte auf der Projektionswand. „Die Herrscherin. Kann mir irgendwer sagen, was sie bedeutet?"

Barry meldete sich. „Weiblichkeit, Schönheit, Mutter Natur, so etwas in der Art."

„Stimmt haargenau. Und in Umkehrung?"

„Hintergedanken, hinterlistig?"

„Hmm. Das ist eher die Umgekehrte Bedeutung der Hohepriesterin. Olivia?"

Olivia, ein süßes englisches Mädchen, lächelte. „Ich denke, die Umkehrung der Herrscherin bedeutet etwas wie Schreibblockade?"

„Das stimmt, eine kreative Blockade und ein blindes Vertrauen gegenüber anderen. Richtig, also für gewöhnlich wird die Herrscherin auf ihrem Thron mit dem Zepter in ihrer Hand dargestellt, was das Leben repräsentiert, und die zwölf Sterne auf ihrer Krone stellen ihre Kontrolle über ihr Jahr dar, umgeben von reichlichen Feldfrüchten. In diesem Kartendeck aber wird die Herrscherin als Dämon dargestellt, das Zepter ein abgetrenntes Körperglied, und die Feldfrüchte hier sind stattdessen ein Blutmeer. Sie trägt zwar noch eine Krone, aber anstelle von Sternen herausgerissene Augäpfel." Temple betrachtete die Karte. „Und trotzdem ist diese hier noch eine der zahmeren Karten. Entzückend."

Die Klasse kicherte ein wenige ob ihres sarkastischen Untertons, und sie grinste verlegen. „Okay, es gibt also keine Richtigoder-falsch-Antworten. Es gibt keinen Ratgeber zu diesem speziellen Tarotdeck, also lasst uns diskutieren, warum wir denken, dass der Künstler sich entschieden hat, sie so darzustellen."

Während der nächsten eineinhalb Stunden debattierte, erörterte und lachte die Klasse, während sie die Karte diskutierte, und Temple wurde von ihrer Trauer abgelenkt. Am Ende kam Zella vor und umarmte sie. „Es tut mir leid, Temple."

Temple dankte ihr und den anderen für deren Liebenswürdigkeit und die Blumen und trug die Anordnung zurück in ihr Büro. Sie versah gerade einige Dokumente mit Anmerkungen, als es an der Tür klopfte. „Herein, bitte."

Der Polizeichef, Renard, kam herein und lächelte sie reserviert an. Temple stand auf und schüttelte seine Hand. „Wie kann ich helfen?"

„Mademoiselle Dubois, ich bin hier, weil ich Sie bitten muss, mich mit auf das Revier zu begleiten, um Sie bezüglich des Todes Ihres Bruders zu befragen."

Auch wenn sie das erwartet hatte, war es dennoch ein Schock, und Temple nickte. „Selbstverständlich."

Glücklicherweise war fast der Rest der Fakultät im Unterricht, als sie dem Polizisten zu seinem Auto folgte. Zu ihrer Erleichterung ließ er sie nicht hinten wie eine Tatverdächtige sitzen, und sie dankte ihm für seine Rücksicht.

Er lächelte. „Mademoiselle, Sie wurden nicht verhaftet. Es ist nur wie bei jedem anderen Mord, wir müssen einfach jeden befragen."

„Natürlich. Ich werde Ihnen alles erzählen, was ich weiß, aber ich muss Ihnen auch sagen, dass ich jetzt, da Brett Forrester entlastet ist, nicht wirklich weiß, wer das hätte tun können und warum."

„Nun, es ist mein Job, das herauszufinden, aber alles, was Sie uns erzählen können, könnte hilfreich sein."

Während Polizeichef Renard zuvorkommend und mitfühlend war, war sein Kollege, Hubert, das glatte Gegenteil, und Temple wurde klar, dass sie mit ihr guter Cop / böser Cop spielten. Während Renard mit seinen Fragen bei ihrer Beziehung zu ihrem Bruder blieb, quetschte Hubert sie bezüglich ihrer Beziehung zu Attico Fibonacci aus.

„Würden Sie sagen, Mademoiselle Dubois, dass das Einzige, was Sie davon abhielt, Ihre Beziehung mit Mr. Fibonacci in den Vereinigten Staaten zu führen, Ihr Bruder war, der Sie an Genf band?"

Temple schluckte die bissige, scharfe Antwort, die ihr einfiel, herunter und schüttelte den Kopf. „Mein Bruder war niemals eine Last, Sir. *Niemals.* Er war mein einziger Blutsverwandter."

„Aber er hat Sie an Genf gebunden."

„Die Einrichtung, in der er lebte, ist eine freundliche, anteilnehmende. Wenn ich gerne in die Staaten gereist wäre, dann wäre das kein Problem gewesen. Wie sie mittlerweile sicherlich wissen, arbeitet Mr. Fibonacci aktuell von Genf aus."

„Aber das kann nicht so weitergehen, oder nicht? Und, verzeihen Sie mir, aber wenn ich mir Ihre Finanzunterlagen ansehe, dann können Sie es sich kaum leisten, hin und her zu fliegen. Aber vielleicht ist es ja mit Mr. Fibonaccis Geld kein Thema."

Temple kniff die Augen zusammen, aber sie weigerte sich, in die Falle zu gehen. „Ich glaube, ich habe meinen Fall dargelegt, Mr. Hubert. Ich liebte meinen Bruder über alle Maßen. Nicht nur das, ich habe auch ein wasserfestes Alibi für die Nacht, in der er getötet wurde."

Huberts Lächeln war eisig. „Vielleicht wurde ja jemand dafür bezahlt, das Leben Ihres Bruders zu beenden, und so hatten Sie die Freiheit, mit Ihrem Paramour zu reisen."

Arschloch. Er würde hinter Attico her sein, das meinte er damit. „Wie ich Ihnen gesagt habe, brauchte ich vor nichts oder niemanden 'Freiheit'. Weder ich noch Mr. Fibonacci hatten einen Grund, meinen Bruder zu töten."

„Aber Sie geben sich gegenseitig Alibis."

„Ja. Und meine Studenten plus der Sicherheitsdienst an der Fakultät, die uns an dem Abend gemeinsam haben wegfahren sehen. Ich bin sicher, dass wenn Sie die Sicherheitskameras an meinem Wohnhaus überprüfen, Sie sehen können, wie wir das Gebäude kurz nach sieben betreten haben und nicht wieder gegangen sind, bis wir den Anruf von der Einrichtung später in der Nacht erhalten haben."

Hubert hatte darauf natürlich keine Antwort, und die restliche Befragung verging ohne eine abfällige Bemerkung des älteren Mannes. Nichtsdestotrotz war Temple erleichtert, als es vorbei war.

Hubert bestand aber darauf, sie hinauszubegleiten und konnte sich eines letzten Versuchs nicht erwehren. „Ich hatte ein sehr interessantes Gespräch mit Professor Forrester", sagte er in einem höhnischen Tonfall. „Anscheinend waren Sie beide sich nahe."

Temple hatte jetzt genug. „Wenn Sie mit nahe meinen, dass er versucht hatte, mich zu vergewaltigen, dann ja. Ich selbst betrachte das nicht als 'Nähe', eher als sexueller Übergriff, aber hey, das geht wahrscheinlich nur mir so."

Sie ließ die Tür vor Huberts arroganten Gesichtsausdruck zufallen und stürmte hinaus auf die Straße. Sie war zu wütend, um ein Taxi zu rufen, und ging stattdessen zu Fuß durch die Stadt und vermied jeglichen Augenkontakt, während ihre Wut ihr Tempo vorantrieb.

Sie verlangsamte ihre Schritte erst, als sie einen Teil der Stadt erreicht hatte, wo sie wusste, dass es ein paar Cafébars gab. Sie wählte willkürlich eine aus und bestellte sich einen Espresso und einen Latte, während sie den ersten an der Theke herunterschüttete und den Latte mitnahm und sich dann in einen Sessel sinken ließ.

Sie rieb sich ihr Gesicht und versuchte irgendetwas außer diese Taubheit zu fühlen. Sie konnte nur dankbar für Attico und ihre Studenten sein. Ohne sie in ihrem Leben könnte sie momentan ganz einfach auseinanderfallen. Jetzt im Sommer waren viele ihrer Freunde aus der Fakultät im Urlaub, selbst Nicolai, und in anderen Sommerferien hatte sie sich einsam und allein gefühlt.

Außer Luc. Andere mochten jemanden in seiner Lage als Last ansehen, aber Temple tat das nie. Luc war ihr Blut, ihr Bruder, und sie liebte jeden Moment, den sie mit ihm verbrachte. Er mochte sie vielleicht nicht als seine Schwester erkannt haben, aber er wusste, dass sie ihn liebte, so wie auch er sie liebte.

Sie hasste den Gedanken, dass er verängstigt oder in Schrecken versetzt worden war. Man hatte ihr gesagt, dass es möglich war, dass er geschlafen hatte, als er erstickt wurde, dass es keinerlei Anzeichen eines Kampfes gegeben hatte, und Temple betete, dass das der Fall gewesen war. *Gott. Ihr war schlecht.* Sie schloss ihre Augen und atmete ein paar Mal tief ein. *Oh Luc ... ich vermisse dich so sehr.*

Sie überkam ein Gefühl der Dankbarkeit, dass Attico ihren Bruder gekannt hatte, wenn auch nur kurz vor seinem Unfall, dass sie jemanden hatte, mit dem sie über Luc reden konnte. Letzte Nacht hatten sie eine Pizza bestellt und saßen die meiste Nacht wach und redeten – nun, sie hatte hauptsächlich geredet und Attico alles über ihr Leben, ihre Familie erzählt, zumindest das, woran sie sich erinnerte. Das hat sie sogar noch näher zusammen gebracht, und sie wünschte sich, sie könnte Atticos Angebot, in die Staaten zu gehen, annehmen.

Aber sie musste die nächsten drei Wochen noch ihren Kurs unterrichten, dann konnte sie darüber nachdenken, Zeit mit ihm in Amerika zu verbringen, bevor das neue Schuljahr anfing. Sie nippte an ihrem Latte und scrollte durch ihre Nachrichten auf ihrem Handy. Drei waren von Attico, in denen er sie fragte, ob alles in Ordnung war, und sie schrieb ihm zurück und sagte ihm, dass es ihr gut ging und sie bald zu Hause sein würde.

Eine andere war von Zella. *Wenn Sie jemanden zum Reden brauchen ...*

Das war typisch für Zella. Temple lächelte und schickte ihr eine Dankesnachricht.

Die letzte Nachricht war ein Foto. Es war eine der Karten des Tarotdecks und kam ohne eine Nachricht. Temple runzelte die Stirn, als sie das Bild öffnete und die Karte für das „Gericht" sah, diejenige, die sie Attico gezeigt hatte. Die Frau, die über der Leiche eines getöteten Mädchens weinte. Temple überprüfte die Nummer, von der die Nachricht kam. *Unbekannt.*

Eigenartig. Sie brütete für eine Weile darüber und schob es dann beiseite. Sie hatte Besseres zu tun, wie beispielsweise Lucs Beerdigung zu organisieren.

Sie trank ihren Kaffee aus und ging hinaus in den Dauerregen, ignorierte ihn aber und ging zu Fuß nach Hause. Die Wohnung war ruhig, und sie fand eine Notiz von Attico auf dem Tisch.

Baby,

ich schaue mir heute Mittag in der Stadt ein paar Büroflächen an.

Ich werde vor dem Abendessen zurück sein – wie klingt ein Tisch bei Domaine de Chateauvieux?

Alles Liebe, A x

Temple lächelte leicht. „Teuer. So klingt es." Ob sie nun Huberts Worten Gewicht gab, die Sticheleien, die er ihr an den Kopf warf, um eine Reaktion zu bekommen, die nicht wirklich subtile Schlussfolgerung, dass sie nur auf Atticos Geld aus war, hatten gesessen.

Ehrlich gesagt bin ich total müde – können wir das verschieben? Tut mir leid. x.

Umgehend kam eine Antwort zurück.

Geht's dir gut? Natürlich kein Problem. Ich kann auf dem Rückweg was abholen. Alles Liebe A x

Sie kicherte ein wenig. Sie wusste, wer ihr die Nachricht geschickt hatte, dachte sie sich, aber sie fand es trotzdem so süß, wie er mit seinem Anfangsbuchstaben abschloss.

Perfekt. Bis später. Ich hoffe, du findest für dich eine gute Bürofläche. x

Dieses Mal antwortete er mit einem einfachen 'Liebesherz'-Emoticon. Sie grinste und fragte sich, ob die jüngere Immobilienmaklerin ihm gezeigt hatte, wie man eins versendet. „Mein alter Mann." Sie lächelte und erinnerte sich, ihn später damit aufzuziehen.

Sie verbrachte die nächsten paar Stunden online und suchte nach einem Bestattungsinstitut, das ihr helfen würde, Luc die Verabschiedung zu geben, die er verdient hatte. Das Problem war... es gab niemanden außer sie selbst und jetzt auch Attico, der der Beerdigung beiwohnen würde, und deshalb entschied sie sich für eine nichtreligiöse Zeremonie im Institut und dann eine Einäscherung. Sie würde Attico bitten, mit ihr in die Berge zu fahren, um die Asche ihres Bruders dort zu verstreuen.

Attico bedankte sich in der Zwischenzeit bei der Maklerin und stieg in sein Auto. Für einen Moment zögerte er, bevor er losfuhr. Die Büroflächen, die er sich angesehen hatten, waren gut, aber Tony hatte am Nachmittag angerufen und ihn gefragt, wann er nach Hause kommen würde. „Dad trinkt wieder, Atti. Es ist schlimm."

Verdammt. Sebastianos Alkoholsucht war seit dem Tod ihrer Mutter schlimmer geworden, Attico hatte aber gedacht, dass sein Vater schon genügend Entzüge durchgemacht hatte, dass es dieses Mal fruchten würde. Fehlanzeige.

Aber er konnte nicht einmal daran denken, Genf jetzt zu verlassen, nicht wenn Temple allein sein würde.

Die Tatsache, dass ihr Bruder umgebracht wurde ... er konnte nicht umhin, sich zu sorgen, dass wer auch immer Luc getötet hatte, es auch auf Temple abgesehen haben könnte, aber er wusste, dass das paranoid war ... oder nicht?

Er erschrak, als jemand gegen seine Scheibe klopfte, und er ließ das Fenster herunter und sah, wie ihn ein Mann anlächelte. „Hey! Attico Fibonacci! Was zum Teufel machen Sie denn hier?"

Attico brauchte einen Moment, bis er sich an den Kerl erinnerte. Derry? Derek? Der Mann lachte. „Denny Fleet. Aus dem Fitnessstudio?"

„Oh, natürlich, tut mir leid." Attico stieg aus seinem Auto und schüttelte Dennys Hand. „Schön, Sie wiederzusehen."

Denny grinste, blieb aber still und wartete offensichtlich

darauf, dass Attico ihm erklärte, warum er in der Schweiz war. Attico lächelte leicht. „Meine Lebensgefährtin lebt hier in Genf. Ich bin gerade auf meinem Nachhauseweg."

„Dachte ich mir doch, dass ich Sie schon eine Weile nicht mehr im Fitnessstudio gesehen hab. Ich hoffe doch, sie vernachlässigen ihre Workouts nicht."

Mein Gott, der Kerl war ein Langweiler. „Überhaupt nicht. Was bringt Sie nach Genf, Denny?"

„Ah, Familie. Also sind Sie hier bei ihrer Freundin? Oh, tut mir leid, ich sollte in der heutigen Zeit nicht mutmaßen. Freundin oder Freund?"

Attico war verwirrt. „Freundin. Temple. Na ja, Denny, schön Sie zu sehen, aber ich muss weiter."

„Herzensangelegenheiten, was? Passiert uns allen. Schön, Sie wiedergesehen zu haben, Fibonacci."

Denny marschierte davon, und Attico starrte ihm nach. Mein Gott, ein Langweiler *und* ein Freak. Attico lachte kurz auf, stieg in seinen Wagen und fuhr in den Verkehr.

Er rief Temple an, die so klang, als hätte sie geschlafen. „Hey, Blödian."

Attico grinste, als sie kicherte. „Was ist denn das für eine Begrüßung?"

„Ich finde, unsere Beziehung sollte einfach nur aus Sex und Spötterei bestehen oder was meinst du?"

Temple lachte immer noch. „Oh, du alberner Mann. Du machst mich aber glücklich, danke. Ich habe dich heute gebraucht."

Sie erzählte ihm von der Befragung durch die Polizei. „Also, falls du dich fragst, sie alle denken, dass ich ein Luder und eine Mörderin bin, die nur auf Geld aus ist." Sie sagte das leichthin, aber Attico wusste, dass sie mitgenommen war.

„Arschlöcher, ich reiß denen den Arsch auf."

„Nicht, das ist es nicht wert." Er hörte sie seufzen. „Komm

einfach nach Hause. Ich koche uns etwas. Ich brauche dich jetzt hier bei mir."

„Bin unterwegs, Schöne."

TEMPLE WAR in dem Moment in seinen Armen, als er zur Tür hereinkam. „Das ist aber eine Begrüßung."

Sie drückte ihre Lippen auf seine. „Ich habe auf dich gewartet." Sie nahm seine Hand und führte sie unter ihr Kleid. Attico grinste, als er spürte, wie feucht sie war.

„Gott, du schamlose, kleine Kreatur."

Temple kicherte. „Na ja, wenn ich schon beschuldigt werde, eine Hure zu sein, dann kann ich mich genauso gut auch wie eine verhalten."

Sie führte ihn ins Schlafzimmer und fing an, ihn auszuziehen. Attico streichelte ihr Gesicht und betrachtete sie. „Alles okay?" Sie schien ein wenig gestresst zu sein und zum ersten Mal fragte er sich, ob sie irgendwas nahm. Sie sagte ihm, dass sie nach Lucs Tod keine ärztliche Hilfe wollte, aber jetzt, da es Mord war ... sie schien nicht wie seine süße Temple. „Baby, mach langsam." Er hielt ihre Hände fest und beobachtete sie. „Hast du irgendwas genommen?"

Temple seufzte und schüttelte den Kopf. „Nein. Ich schwöre, das hab ich nicht. Gott, Attico ... ich denke, ich versuche, mich davon abzulenken, losschreien zu wollen, das ist alles. Es tut mir leid, ich wollte dir keine Angst machen."

Attico lächelte. „Schon okay. Du bist heute nicht die Erste, die das tut."

„Was?"

„Ah, nichts. Ich bin nur einem seltsamen Typen aus New York begegnet ... ist nicht wichtig. Du bist wichtig." Er küsste sie sanft. „Hast du Hunger?"

„Nur auf dich."

„Tem."

Sie lächelte. „Ich will dich einfach in meiner Nähe, Atti. Das ist alles."

Er nickte, und sie gingen ins Bett, liebten sich aber nicht. Attico bestand darauf, dass sie ihm alles erzählte, was die Polizei zu ihr gesagt und sie gefragt hatte, und schüttelte den Kopf, als sie ihm erzählte, wie Huberts Worte sie getroffen hatten. „Ich sollte zumindest eine Beschwerde einreichen."

„Nein, bitte nicht."

Er beobachtete sie. „Du weißt, dass das Käse ist, nicht wahr? Wenn ich auch nur für eine Sekunde denken würde, du wärst wegen des Geldes, Sicherheit oder sonst was mit mir zusammen, dann hätte ich gar nichts mit dir angefangen. Du und ich, Temple, wir sind das Endspiel. Ich weiß es tief in mir drinnen."

Ihre Augen füllten sich mit Tränen, und er drückte seine Lippen auf ihre Stirn. „Du und ich, okay?"

„Okay", flüsterte sie.

Attico zog sie in seine Arme und hielt sie für den Rest der Nacht in seinen Armen.

Am Morgen erwachten sie mit der Information, dass es einen weiteren Mord gegeben hatte.

KAPITEL ZEHN

Die erste Person, die Temple sah, war Zella, deren Gesicht vom Weinen rot und aufgequollen war, und als sie ihre Lehrerin sah, rannte sie in Temples Arme. „Es ist furchtbar, zu furchtbar, oh Gott ..."

Temple war übel. Dekan Corke, dessen ältliche Augen wässrig und geschockt waren, kam zu ihr und Attico. Er sah aus, als würde er jeden Moment zusammenbrechen. Attico lenkte den alten Mann in einen Stuhl. „Dekan Corke ... was ist passiert?"

„Sie haben sie in der Krypta gefunden. Die war schon seit Jahren nicht mehr geöffnet und als die Nachtwächter nachsehen wollten, warum die Tür offen stand, haben sie sie gefunden." Der Dekan zitterte so sehr, dass Attico seine Hände halten musste.

Polizeichef Renard nickte ihnen zu, als er in das Büro des Dekans trat. „Ihr Verlust tut mir sehr leid, aber wir brauchen jemanden, der die Leiche für uns identifiziert."

Temple umarmte Zella fest. „Ich mache das."

„Tem, nein ..."

„Sie war meine Studentin. Das ist meine Verantwortung."

. . .

Renard führte Temple zur Krypta hinunter. Bevor er sie hineinließ, hielt er sie auf. Seine Augen waren mitfühlend. „Es ist schlimm, Mademoiselle Dubois. Bereiten Sie sich darauf vor." Er gab ihr eine Sekunde. „Bereit?"

Sie nickte und trat hinein. Temple trat in die Krypta und sah, wie ein Forensikteam über dem liegenden Körper arbeitete. Sie ging langsam auf sie zu. „Ja", sagte sie, ihre Stimme brach, als sie auf die toten Augen ihrer Studentin, ihrer Freundin, herunterblickte. Die klaffende Wunde an ihrer Kehle. Das Blut. „Ja, das ist Olivia Dolenz. Das ist Olivia. Das ist *Olivia* ..."

Und Temple fing an zu schreien.

Der Arzt nickte Attico zu. „Ich habe ihr ein Sedativum gegeben, aber fürs Erste ist sie noch wach. Noch aufgewühlt, aber sie hat die Höchstdosis bekommen. Vielleicht können Sie sie ja beruhigen. Mir macht ihr Blutdruck Sorgen. Wenn sie so weitermacht, müssen wir ihr vielleicht was Stärkeres geben."

Attico nickte. „Machen Sie halblang, Doktor. Ihr Bruder ist letzte Woche gestorben und jetzt das hier."

„Ich bin nur besorgt. Gehen Sie rein, setzen Sie sich zu ihr. Ich bin sicher, dass das hilft."

Attico ging in das Krankenzimmer. Temple lag auf einer Seite zusammengekauert, von ihm abgewandt. Attico schloss die Zimmertür und legte sich neben sie und kuschelte sich an sie und ließ seinen Arm um ihre Taille gleiten. „Meine Kleine."

Er spürte ihre Schluchzer, obwohl sie leise waren, und ließ sie sich ausweinen. Er hielt sie fest in seinen Armen und begrub sein Gesicht in ihrem Haar. „*Piccolo*, es ist okay. Ich bin da."

Temples Tränen versiegten, und sie drehte sich um und vergrub ihr Gesicht an seiner Brust. Attico streichelte ihr Haar, während er sie festhielt und wünschte, er könnte ihr einige der Schmerzen abnehmen. „Es tut mir so leid, Baby."

Sie schüttelte einfach den Kopf, und er wusste, dass sie zu überwältigt war, um zu sprechen. Schließlich fing das Sedativum an zu wirken, und sie schlief unruhig mit gerunzelter Stirn und einem schmerzerfüllten Gesichtsausdruck.

Attico wartete, bis er wusste, dass sie wirklich schlief, und stieg aus dem Bett und ging hinaus in die Stille des Krankenhausflurs, um einen Anruf zu tätigen. Dekan Corke war noch wach und als Attico ihn fragte, was die Fakultät wegen der Sommerkurse unternehmen würde, war der Dekan klar.

„Wir schicken die Studenten nach Hause, Mr. Fibonacci, und die Fakultät bleibt für unbestimmte Zeit geschlossen." Der ältere Mann klang erschöpft. „Wie geht es Temple?"

„Zutiefst erschüttert. Gebrochen. Ich hoffe, dass die Polizei es zulässt, dass ich sie für einige Zeit mit in die Staaten nehme, damit sie sich erholen kann."

„Das klingt nach einer perfekten Idee." Dekan Corke zögerte. „Die Sache mit ihrem Bruder ..."

„Sie ist entlastet, aber ja, die Polizei könnte ihren Pass einziehen." Attico lächelte gequält. „Auch wenn ich das nicht gerne tue, aber ich könnte auf sie etwas Druck ausüben."

„Unter diesen Umständen glaube ich nicht, dass es Ihnen irgendwer verübeln könnte. Temple ist schlicht und einfach nicht imstande, irgendwen zu verletzen – tatsächlich würde ich sagen, dass sie selbst ... na ja, vielleicht sollte ich das nicht sagen."

„Temple könnte in Gefahr sein?" Atticos Herz schlug schmerzhaft gegen seine Rippen.

„Ja. Nach dem, was mit Forrester geschehen ist ..."

„Ich verspreche Ihnen, Dekan, niemand wird Temple weh tun."

„Guter Mann. Richten Sie ihr die allerbesten Wünsche aus,

sagen Sie ihr, dass ihr Job sicher ist, solange wie sie ihn haben möchte, okay?"

Attico lächelte. „Selbstverständlich. Danke, Dekan."

Temple schlief immer noch, als er zurück in ihr Zimmer kam, und Attico strich ihr Haar aus dem Gesicht. „Ti amo ...", flüsterte er, und er wusste, dass das die Wahrheit war. In nur wenigen Wochen hatte er für sich festgestellt, dass er noch nie zuvor das hatte, was er mit Temple hatte, und dass er sich jetzt sein Leben nicht mehr ohne sie vorstellen konnte. Der Gedanke, dass es jemand auf sie abgesehen haben könnte, jemand sie verletzen könnte, war mehr, als er ertragen konnte. Nein. Er würde sie eine Zeitlang mit nach New York nehmen und darauf bestehen. Er würde Tony bitten, die Firma fürs Erste in Vollzeit zu übernehmen, damit er mit ihr Zeit verbringen konnte.

Er hielt ihre Hand und lehnte sich in seinem Sessel zurück und schloss seine Augen. Morgen würden sie anfangen, darüber hinwegzukommen. Morgen würden sie wieder anfangen zu leben.

Dekan Corke war erschöpft. Schließlich verließ die Polizei das Gebäude und hatte die Krypta versiegelt, nachdem Olivias Leichnam beseitigt wurde. Dekan Corke saß schwer in seinem Stuhl und spürte jedes seiner neunundsiebzig Jahre. Vielleicht war es an der Zeit, in Rente zu gehen. Er rieb sich sein Gesicht und wusste, dass er vor dieser Situation nicht davonlaufen konnte – das war seine Verantwortung. Er war einer der Englischlehrer gewesen, als das Mädchen vor zwanzig Jahren getötet wurde, und er war überrascht, als Luc Monfils bezüglich seiner Verwicklung befragt worden war. Corke hatte gewusst, dass ein Geheimbund gegründet worden war, der in vager

Verbindung zum Winterblut-Tarot stand, hatte aber angenommen, dass es schlicht und ergreifend die Faszination für das Makabre war und nicht unbedingt eine Mordlust, die die Gruppe genährt hatte.

Er erinnerte sich, dass die Fibonacci-Brüder in dem Fall auch verwickelt waren, obwohl er nicht wusste, in welchem Maße. Vielleicht versuchte Attico deshalb so verzweifelt zu verhindern, dass Temple etwas zustieß. Er war offensichtlich Hals über Kopf in die junge Lehrerin verliebt, und Corke freute sich darüber. Temple verdiente etwas Glück, besonders jetzt.

Dekan Corke machte seine Lampe aus und stand auf, um in sein Zimmer zurückzugehen. Als er die Tür erreichte, wurde er von einem zermürbt wirkenden Hausmeister begrüßt. „Was ist, Joe?"

„Dekan Corke ... mit allem, was geschehen ist, war ich abgelenkt. Es tut mir so leid ..."

„Was ist los?"

Joe schluckte nervös. „Es ist das Tarot, Dekan. Es fehlt. Es wurde gestohlen."

OLIVIA DOLENZ' Mörder lächelte in sich hinein, als er das neue Wegwerfhandy benutzte, um das nächste Bild der Karte an Temple Dubois zu schicken. Sie würde dann wissen, was er beabsichtigte, nämlich die Bilder der Großen Arkana neu zu formen, indem er Menschen tötete, die sie liebte, die ihr etwas bedeuteten, bis zur letzten Karte. *Der Tod.* Ihr eigener ...

Er sah sich jetzt die Karte an, die Jungfrau, dieselbe Frau, die über der Leiche der jungen Frau weinte, und die nun selbst starb, mit einem vergoldeten Dolch, der in ihrer Mitte steckte. Temple Dubois würde dasselbe Schicksal erleiden und Attico Fibonacci würde ihren Leichnam finden und den Verlust seiner Liebe betrauern.

Weil er sie nämlich beobachtet hatte. Fibonacci war verrückt nach der jungen Lehrerin, so viel war klar, und sie auch nach ihm. Gut.

Es würde so viel befriedigender sein, wenn er sie auseinanderriss ...

11

KAPITEL ELF

Zu seiner Überraschung stritt Temple mit ihm nicht darüber, dass er sie mit in die Staaten mitnehmen wollte. "Aber *nach* Lucs Einäscherung", sagte sie, und er nickte.

"Natürlich, mein Liebling."

Temple hatte darauf bestanden, ihre Abreise mit der Polizei abzuklären, und jetzt erzählte sie auch sowohl Attico als auch der Polizei von dem Bild der Tarotkarte, das ihr geschickt worden war.

"Ich habe keine Ahnung, wer mir das geschickt hat", sagte sie müde, "und ich habe das damals auch nicht als Bedrohung angesehen. Ich wünschte, ich wäre achtsamer gewesen ... Ich hätte wissen müssen, dass jemand in Gefahr war."

Polizeichef Renard war mitfühlend, und er erzählte Temple, dass sie das Land verlassen durfte. Sie lächelte ihn müde an. "Denkt Detective Hubert genauso?"

"Er arbeitet für mich, Mademoiselle Dubois, und er wird damit leben müssen."

Lucs Beerdigung fand am Nachmittag statt und zu Temples

Überraschung und unendlicher Dankbarkeit nahmen die übrigen Mitglieder ihres Kurses daran teil. Sie dankte jedem Einzelnen unter Tränen. Zella umarmte sie am herzlichsten. „Es tut mir so leid, Temple."

„Danke, Süße. Vielen Dank." Sie betrachtete Zellas abgehärmtes, blasses Gesicht. „Geht es dir gut?"

Zella schüttelte den Kopf. „Ich kann nicht glauben, dass sie weg ist, Tem." Olivia war Zellas beste Freundin, ihre Zimmergenossin, gewesen. Temple spürte, wie ihr die Tränen über das Gesicht liefen.

„Ich weiß. Ich kann den Schmerz, den Schock gar nicht ausdrücken. Zella, kommen dich deine Eltern abholen?"

Zella nickte. „Aber ich werde auf Ollys Eltern warten. Ich möchte nicht, dass sie hier alleine sind."

„Ich werde dabei sein."

Zella nickte Attico zu, der mit ein paar der anderen Studenten sprach. „Er ist ein Guter. Er nimmt Sie mit in die Staaten?"

Temple nickte. „Für ein paar Wochen. Hör mal." Sie zog eine Karte aus ihrer Tasche. „Die Polizei hat mein Handy, also hab ich ein neues. Hier ist die Nummer. Wenn du reden möchtest, dann ruf mich bitte an, jederzeit. Ich meine das ernst. Ruf so oder so an, nur um dich zu melden."

AM TAG des geplanten Flugs nach New York verbrachte Temple die meiste Zeit des Tages mit Olivia Dolenz' Eltern. Sie waren verständlicherweise am Boden zerstört und als Temple an Bord von Fibonaccis Jet stieg, war sie völlig erschöpft.

Als sie abhoben, führte sie Attico nach hinten zu dem kleinen Schlafzimmer am Ende des Flugzeugs. „Ich möchte, dass du dich ausruhst, Baby."

Temple schüttelte den Kopf. „Nein, Atti ... ich brauche Ablenkung. Bitte ..."

Atticos Lippen waren auf ihren, während sie sich gegenseitig auszogen, und als sie sich dann auf das Bett legten, küsste er ihre Kehle und ging dann weiter runter und nahm die Nippel abwechselnd in den Mund und saugte an ihnen, bis sie hart waren und liebkoste jede winzige Noppe.

Temple seufzte und schloss ihre Augen, während er ihren Körper bewegte, seine Zunge tief in ihren Nabel kreiste, seine Küsse auf der weichen Kurve ihres Bauches. Als er sanft ihre Schenkel auseinander drückte, bebte Temple, als seine Zunge ihren Kitzler fand. Alles, was sie nun wollte, war dieser Moment, die elektrischen Empfindungen, die durch ihren Körper schossen, jede Zelle, die die Lust aufsaugte und den Schmerz und das Leid der letzten Wochen löschte.

Ihre Finger verfingen sich in Atticos dunklen Locken, zogen sanft an ihnen, während er sie liebkoste, leckte und schmeckte, bis sie sich wand und nach Luft keuchte. Er brachte sie zweimal zum Orgasmus, bevor er ein Kondom über seinen angespannten Schwanz zog und in sie stieß.

Temple konnte kaum glauben, dass sie noch vor ein paar Wochen eine Jungfrau gewesen war. Mit Attico hat sie ihren perfekten Deckel gefunden, physisch, sexuell und auch spirituell gesehen. Die Art, wie ihre Körper so gut zueinander passten trotz des Größenunterschieds zwischen ihnen, war für sie eine Offenbarung. Die Art, wie er sie ansah, nicht nur ihr Gesicht, sondern auch ihren Körper. Wenn er ihren Bauch streichelte oder mit seiner Hand die Kurve ihrer Wade entlangglitt, dann glänzten seine Augen vor Verlangen, vor Erregung.

Selbst wenn sie nur halb gekleidet war, ihr Haar noch nass von der Dusche war, gab ihr Atticos offensichtliche Bewunderung das Gefühl, so sexy zu sein, dass sie dann Dinge tat, von denen sie nicht einmal geträumt hätte, dass sie den Mut dazu haben würde.

Jetzt, als sie zu ihm aufblickte, lächelte sie. Gott, er war so verdammt schön, diese riesigen grünen Augen, dieses schiefe Lächeln. „Ich liebe dich, Attico Fibonacci", flüsterte sie und wusste, dass sie es von ganzem Herzen meinte.

„Und ich liebe dich, Temple Dubois. So sehr … so sehr …" Atticos Lippen waren grob auf ihren. „Temple … heirate mich. Werde meine Frau, meine Partnerin für immer und ewig."

Temple spürte, wie sich ein Schock in ihr ausbreitete. „Attico … wir kennen uns doch erst seit ein paar Wochen."

„Ich weiß, und es ist verrückt und dumm und leichtfertig, aber Gott, wen juckt es? Das ist es für mich, ein Leben lang. Spürst du das nicht auch?"

Temple lächelte ihn an. „Frag mich noch mal, wenn dein riesiger Schwanz nicht in mir begraben ist. Meine Argumentationsfähigkeit ist kompromittiert."

Attico kicherte, und sie liebten sich weiter, während Attico hart zustieß und sein Schwanz mit jedem Moment tiefer und härter in ihr war. Seine Augen wichen nicht von ihren, und Temple vergrub ihre Nägel in seinem Hintern und trieb ihn an, bis sie beide kamen, stöhnten und gegenseitig ihre Namen schrien.

Als sie wieder zu Atem kamen, ließ Attico seine Hand ihren Bauch hinuntergleiten. „Heirate mich", sagte er wieder, und seine Augen glänzten. „Ich liebe dich. Ich habe noch nie zuvor so empfunden wie bei dir. Ich weiß, dass es noch so vieles gibt, was wir über uns noch nicht wissen, aber lass es uns als Mann und Frau in Erfahrung bringen. Wenn du dich dazu entscheidest, wieder in die Akademie zu gehen, dann werde ich mein Geschäft generell nach Genf verlegen."

Temple streichelte sein Gesicht. „Was ist mit deiner Familie?

Haben sie denn kein Mitspracherecht, wenn du eine mittellose Lehrerin heiratest?"

Attico runzelte die Stirn. „Du denkst zu viel darüber nach, was andere denken könnten."

„Das tue ich, wenn es um deine Familie geht. Ich würde dich lieben, ob du nun so reich bist, wie du nun mal bist, oder so arm wie ich bist. Mir ist Geld egal, das war schon immer so. Deine Familie könnte es aber komplett anders sehen und ehrlich gesagt bin ich nicht sicher, ob ich ihnen das vorwerfen kann. Sie wollen dich schützen." Sie seufzte. „Hör mal... es gibt noch so vieles, das wir noch nicht voneinander wissen, wie du gesagt hast, und eine Heirat ... mein Gott, Attico. Das ist die echte Welt."

„Also ... sagst du nein."

„Ich sage, dass wir das noch mehr diskutieren müssen." Sie lächelte ihn an. „Ich weiß, dass das jetzt überhaupt nicht romantisch ist und, Gott, ich wünschte, ich wäre verwegener, denn dann würde ich sagen: Ja, Ja, Ja ... Ich möchte den Rest meines Lebens mit dir verbringen, Attico, wirklich." Sie war für einen langen Moment still. „Wenn ich Ja sagen würde ..."

„Sag Ja. Sag jetzt sofort Ja." Er hatte ein spitzbübisches, hoffnungsvolles Lächeln auf seinem Gesicht, wodurch er aussah wie ein Teenager. Temple kicherte.

„Ich liebe dich. Und was hältst du davon ... *ja*. Ja, ich möchte dich heiraten, Attico Fibonacci ... wenn wir zuerst ein paar Dinge besprechen."

„Dinge?"

Temple nickte. „Ich möchte, dass klar ist, dass ich im Falle einer, Gott bewahre, Trennung nichts von dir möchte. Nichts. Kein Geld, keine Besitzungen, keine Treuhandfonds, nichts. Null, gar nichts, nada. Okay?"

Attico runzelte die Stirn. „Als würde ich das zulassen."

„Attico." Ihre Stimme war bestimmt, und er seufzte.

„Na schön. Wir lassen die Anwälte etwas ausarbeiten, aber fürs Erste ... in diesem Augenblick sag Ja, Temple."

Temple nahm sein Gesicht in ihre Hände, und ihre Daumen streichelten über seine Wangen. „Ja", sagte sie einfach. „Ja, Attico, ich werde dich heiraten."

KAPITEL ZWÖLF

Temple stand am Fenster von Atticos Wohnung in der Upper East Side und blickte hinaus über den Central Park. Drei Wochen in den Staaten. Drei Wochen, seit sie zu Atticos Heiratsantrag Ja gesagt hatte.

Drei Stunden, bis sie vor einem Traualtar wieder Ja sagen würde. Attico hatte sein Versprechen gehalten, und sie hatte ihren Ehevertrag bekommen, der ihr nichts garantierte, außer dem, was sie vor Beginn ihrer Ehe besessen hatte. Er diskutierte natürlich und sagte ihr, dass sie doch wenigstens während der Ehe die Hälfte seiner Einnahmen haben sollte – natürlich nicht, dass er sie jemals gehen lassen würde – aber sie hatte sich geweigert, und er hatte es widerwillig hingenommen. „Nicht, dass das jemals ein Problem sein wird", sagte er mit Gefühl. „Das ist es. Du und ich. Wir sind das Endspiel."

Temple nickte. „Das sind wir, mein Liebling. Daran glaube ich von ganzem Herzen."

Sie musste selbstverständlich Kompromisse eingehen. Attico wollte sie stolz vorzeigen, wollte der Welt zeigen, wie sehr er sie liebte, und deshalb war es anstelle einer stillen standesamtlichen Hochzeit, auf die sie gehofft hatte, eine High-Society-Hochzeit.

Tony, Atticos lustiger älterer Bruder, war ein Gottesgeschenk, der ihr den Weg in die Familie erleichterte. Ihr wurde schnell klar, dass Sebastiano Fibonacci eine guter Mann, aber ein Alkoholiker war. Das erste Mal, als sie und Attico mit ihm zu Abend aßen, war er schon betrunken, bevor sie überhaupt angekommen waren. Als Attico ihn vorgestellt hatte, hatte der ältere Mann Temples Wangen in die Hand genommen, sein Atem hatte nach Scotch gerochen, und er hatte Attico zustimmend zugenickt. „Sie ist definitiv eine Schönheit. Komm, dann lernen wir uns mal kennen."

Sebastiano war in jungen Jahren ein Charmeur, das konnte Temple sehen, und er hatte sie mit Kindheitsgeschichten seiner Söhne erfreut. Trotz seines offensichtlichen Trinkproblems mochte Temple ihn sehr, aber ihr war aufgefallen, dass Attico in Gegenwart seines Vaters ruhiger war.

Tatsächlich war er während des gesamten Abendessens kleinlaut, aber später, als sie ihn fragte, was los war, zuckte er mit den Achseln. „Mein Dad und meine Bruder haben genug Energie für uns alle. Es machte nie Sinn für mich, genauso extrovertiert wie sie zu sein."

Sie lächelte ihn an. „Dein wahres Gesicht? Mein Mann ist ein schüchterner Junge."

Attico grinste reumütig. „Ich gebe es zu, das bin ich. In Wahrheit bist du es, die mich aus mir herausgelockt hat. Du gibst mir Selbstvertrauen."

Temple war ob seines Eingeständnisses sprachlos – und etwas verwirrt. „Attico, du bist umwerfend, sexy, ein erfolgreicher Geschäftsmann – und *ich* soll *dir* Selbstvertrauen geben?"

„Genau."

Temple schüttelte den Kopf. „Ich fühle mich geehrt, aber echt jetzt, was zur Hölle hat dich denn unsicher gemacht?"

Attico hatte gelächelt, antwortete ihr aber nicht und lenkte sie mit seinen süßen Küssen ab, aber das Eingeständnis hatte Temple seitdem verfolgt. Was war mit Attico geschehen? Sie konnte es nicht begreifen.

Attico hatte sie eigentlich umgehend heiraten wollen, aber sie hatte sich erst einmal an New York gewöhnen wollen. Tony hatte das Geschäft übernommen, während Attico ihr die Stadt zeigte, zuerst mit all den Touristenorten, auf die sie sich schon gefreut hatte – unter anderem das Empire State Building, die Brooklyn Bridge, der Central Park. Sie vergoss ein paar Tränen beim National September 11 Memorial und legte auf die Namen einiger der Opfer Blumen nieder. Abends nahmen sie an Empfängen in der Met und MOMA teil. Sie sahen sich Ballettvorstellungen an und staunten über die Leistungen der Tänzer, einschließlich der Primaballerina Boheme Dali.

Bei einem dieser Empfänge begegnete Temple Atticos Exfreundin Lucinda. Als Attico auf die gertenschlanke Blondine mit dem perfekten kleinen Babybauch am anderen Ende des Saals zeigte, fühlte Temple einen Stich. Die Frau war all das, was sie nicht war – elegant, anmutig, patrizisch. Temple fühlte sich im Vergleich zu ihr wie eine fette Cousine. Attico sah, wie ihr die Gesichtszüge entgleisten, und er küsste sie. „Du bist schöner, als sich Lucinda je wünschen könnte, sowohl innen als auch außen. Ganz zu schweigen davon, dass du klüger, witziger ... alle 'ers' bist."

Er grinste sie an, aber sie fühlte sich immer noch minderwertig, als er sie ihr vorstellte.

Lucinda, das musste man ihr zugutehalten, war freundlich genug und schüttelte Temples Hand und machte ihr für ihr dunkelrotes Kleid Komplimente. „Hinreißende Farbe und der Schnitt ist göttlich."

„Das ist nur ein alter Fetzen."

Lucinda lächelte sanft. „Alle meine Favoriten sind so. Ich

freue mich schon, da wieder reinzupassen, nachdem das Baby auf der Welt ist. Nichts über ein bequemes, altes Lieblingskleid und man macht den Look sogar noch besser."

Temple lächelte sie an. „Wann ist der Termin?"

„Dezember, hoffentlich vor Weihnachten." Lucinda betrachtete sie. „Sie fragen sich, warum ich mich so schnell nach Attico auf jemand Neues eingelassen habe?"

„Das geht mich wirklich nichts an."

Lucinda zuckte mit den Achseln. „Schon gut. Ich habe Attico geliebt, tue es immer noch, aber es war nicht ... romantisch. Es war eher lange Zeit wie beste Freunde, und ich *weiß*, dass die meisten Beziehung so enden ... aber nicht wie wir. Attico und ich ... wir machten am Ende keinen Sinn mehr." Sie blickte zu einem gutaussehenden Mann mit graumelierten Haaren und einem dichten, dunklen Bart hinüber und lächelte zärtlich. „Als ich Pierre begegnete, war alles so anders, so aufregend, und ich wusste sofort, dass er der Eine war."

Temple schluckte und war ob der Ehrlichkeit der anderen Frau gerührt. Lucinda lächelte sie an. „Und ich denke, wenn ich Sie beide zusammen sehe, dass Attico genauso empfindet. Er scheint so anders, so glücklich. So erfüllt. Ich bin froh, dass er Sie hat, Temple."

„Vielen Dank. Das meine ich wirklich."

Lucinda drückte ihren Arm. „Versprechen Sie mir, dass wir mal Mittagessen gehen oder uns einfach mal so treffen?"

„Das fände ich sehr schön."

Sie dachte immer noch daran, was Lucinda gesagt hatte, als sie sich entschuldigte und die Damentoilette aufsuchte. Sie wusste nicht, wie sie in diese Welt passen sollte, aber mit Menschen wie Lucinda wusste sie, würde sie es viel leichter finden.

Sie wusch sich ihre Hände und verließ die Toilette, als ein Mann in sie hineinlief und sich entschuldigte.

„Verzeihung – na, hallo nochmal."

Temple blinzelte und lächelte leicht. „Ähm ..."

Der Mann grinste und bot ihr seine Hand. „Tut mir leid. Wir haben
uns kurz bei Maceo Bartolis Ausstellung in Paris getroffen. Denny Fleet?"

„Oh, natürlich. Tut mir leid. Wie geht es Ihnen?"

„Sehr gut, vielen Dank. Ich nehme an, Sie sind hier mit Mr. Fibo ... oh." Er sah den Ring, den Attico ihr geschenkt hatte, an ihrem Ringfinger. Dennys Lächeln schwankte ein wenig. „Herzlichen Glückwunsch."

Temple fühlte sich unwohl. „Danke. Nun, ich muss jetzt zurück."

„Selbstverständlich."

Als sie wegging, rief er ihr nach. „Miss Dubois?"

Als Temple sich zu dem Mann umdrehte, lächelte er sie kalt an. „Passen Sie auf sich auf." Und weg war er.

Temple seufzte. Beide Male, als sie dem Mann begegnet war, war da etwas an ihm, das ihr unheimlich war. Sie fand ihren Weg wieder zurück an Atticos Seite, der sich mit Lucinda unterhielt. Sie hatten wohl diskutiert, aber sie beide lächelten sie an, als sie näherkam. Lucinda gab ihr ein Stück Papier. „Meine Nummer, Temple. Wenn Sie wissen wollen, wo Sie Ihr Hochzeitskleid kaufen sollen oder was auch immer."

„Vielen Dank", sagte Temple dankbar. „Kommen Sie zur Hochzeit? Ich meine", sie blickte die beiden an und war plötzlich nervös. „Wenn es nicht zu seltsam ist, meine ich."

Attico nickte. „Überhaupt nicht seltsam. Lu, wir würden uns freuen, wenn ihr kommt."

Lucinda lächelte Temple an. „Ich bin dabei. Jetzt *müssen* Sie aber anrufen, damit wir schön shoppen gehen können."

„Das werde ich, versprochen und nochmal danke."

Lucinda berührte ihren Arm, lächelte Attico an und ging dann. Attico küsste Temple. „Du bist wirklich die Süßeste."

„Sie ist hinreißend, Atti. Ich kann verstehen, warum es dir schwer gefallen ist, sie loszulassen."

„Dir begegnet zu sein, hat mich das Licht sehen lassen, nicht dass ich jemals meine Zeit mit Lu bereuen werde. Hey, sollen wir den Rest der Party ausfallen lassen?" Er umschloss seine Finger mit ihren. „Ich habe genug Champagner gehabt. Ich will eine Pizza, Bier und ein Abend auf der Couch mit dir."

„Stubenhocker."

„Ist doch nichts Neues."

TEMPLE STIEG aus ihrem Kleid und zog dankbar ihr bequemes Sweaterkleid an. Attico hatte schon seine Jeans an und lief mit nacktem Oberkörper in der Küche umher und sammelte Vorräte. Die Pizza war unterwegs, und Attico holte auf dem Weg zum Sofa noch ein paar kalte Bier aus dem Kühlschrank.

Temple kuschelte ihren Körper an seinen, als er sich hinsetzte, und er legte seinen Arm um ihre Schultern. „Besser?" Es fiel ihr schwer, seine nackte Brust nicht zu küssen. Gott, er roch gut, wie warme Gewürze und frische Wäsche.

Er grinste sie an. „Definitiv. Wirst du es bereuen, dich mit einem alten Mann eingelassen zu haben, der lieber zu Hause bleibt, als auf Partys zu gehen?"

„Niemals. Und weniger von dem alten. Es sind nicht so viele Jahre Unterschied zwischen uns, Atti. Und wen interessiert es überhaupt?" Sie beugte sich vor und spielte mit ihrer Zunge an seinem Nippel herum. „Wie lange dauert es, bis die Pizza geliefert wird?"

„Eine halbe Stunde."

„Gut."

Sie setzte sich rittlings auf ihn und nahm seine Hand und führte sie unter ihr Kleid. Atticos Augen leuchteten auf, als er auf ihr nacktes Fleisch traf. „Verdammt, Temple ..."

Sie zog ihr Kleid über ihren Kopf, und er lächelte. „Du bist umwerfend."

Seine Finger waren an seinem Reißverschluss; sie konnte bereits seinen Steifen durch seine Jeans spüren und als sie ihn von seiner Unterhose befreite, sprang er hart, dick und lang auf.

Attico senkte seinen Kopf, um an ihren Nippeln zu saugen, während sie ein Kondom aus seiner Gesäßtasche holte und es über seinen Schwanz zog. Als sie ihn in sich einführte, fing sie an, ihn zu reiten.

„Gott, deine Fotze ist so fest und feucht, Baby", stöhnte er und vergrub sein Gesicht im Tal zwischen ihren Brüsten, bevor sein Mund sich wieder ihren Nippeln zuwendete und sanft an jedem knabberte, während sie ihn drängte, grob mit ihr zu sein.

„Temple ..."

„Nimm mich, Atti, fick mich hart ... hinterlasse dein Zeichen auf meiner Haut."

Mit einem Knurren warf er sie auf den Boden und rammte seine Hüfte hart gegen ihre, sein Mund grob auf ihrem, und er küsste sie, bis sie beide Blut schmeckten. Er drückte ihre Hände auf den Boden, komplett gebieterisch, und dominierte jede ihrer Bewegungen, und Temple spürte, wie bei seiner Berührung Geilheit und Erregung durch ihren Körper explodierten.

Er brachte sie zweimal zum Orgasmus, bis sie sich schnell anziehen mussten, da sich der Pizzalieferant an die Klingel lehnte. Temple musste kichern, als sie ihre Nacktheit hinter der Tür versteckte, während Attico den Mann bezahlte und ihm für die Pizza dankte.

Sie grinste ihn an, als er die Tür schloss. „Du bist ein sehr ungezogenes Mädchen, Temple Dubois."

Sie nahm ihm den Pizzakarton ab und stellte ihn hin und

kuschelte sich an seinen Körper. „Zeig mir doch, wie ungezogen, Attico."

Die Pizza wurde kalt.

KAPITEL DREIZEHN

Temple lächelte in sich hinein, als sie die Wohnungstür öffnete, um die Friseure und Stylisten hineinzulassen, die Attico für sie bestellt hatte. Sie seufzte erleichtert auf, als sie Lucinda hinter ihnen sah und umarmte ihre neue Freundin. „Gott sei Dank bist du hier. Ich habe keine Ahnung, wie das hier funktioniert."

Lucinda lachte. „Nun, entspann dich. Ganz ehrlich, das Einzige, worüber du dir Gedanken machen brauchst, ist, dich verwöhnen zu lassen." Sie musterte die versammelten Stylisten. „Gut, das sind die Besten, die es für Geld zu haben gibt. Atti kennt sich aus."

Temple war überfordert, aber Lucindas Anwesenheit half ihr, sich zu beruhigen. Während der letzten paar Wochen scheute die Blondine keine Mühen, damit sich Temple in der Gesellschaft der Upper East Side akzeptiert fühlte, und Temple war der anderen Frau dankbar, selbst wenn sie nicht wirklich glauben konnte, dass Lucinda tatsächlich begeistert war, dass sie jetzt in Atticos Leben war.

Nichtsdestotrotz würde sie sich fürs Erste zurücklehnen und die Stylisten sie für ihre Hochzeit schminken und frisieren lassen. Das Kleid, das sie und Lucinda ausgewählt hatten, war schlicht und fast im griechischen Design. Die Haarstylisten schichteten ihr dunkles Haar auf ihrem Kopf und schoben den feinen Haarschmuck, den Temple von ihrer Mutter geerbt hatte, hinein und fixierten den langen Schleier darunter.

Ein schlichtes, natürliches Make-up und eine lächelnde Lucinda sorgten dafür, dass Temple in dem Ganzkörperspiegel auf ihr Spiegelbild blickte. Temple konnte kaum glauben, dass sie es war. Die Frau, die sie ansah, war wunderschön, mit großen und aufgeregten Augen, geröteten Wangen mit einem rosafarbenen Glanz.

„Das bin nicht ich", sagte sie. „Du hast das Foto von jemand anderes über den Spiegel gehängt."

Lucinda lachte. „Attico hat mir erzählt, dass du dich ständig unterschätzt. Schau dich an, Temple. Du bist umwerfend, einfach umwerfend. Nein, nicht weinen."

Temple wandte sich ihr zu und umarmte sie fest. „Du bist so wundervoll, Lucinda. Ich warte schon die ganze Zeit, seit ich in New York bin, darauf, dass die Blase platzt, aber das tut sie nicht. Danke. Ich weiß nicht, wie ich den heutigen Tag ohne dich überstanden hätte, und ich hatte nicht das Recht dazu, so viel von dir zu verlangen. Du bist ja immerhin Atticos Ex."

Lucinda, deren Augen ebenfalls vor Tränen glänzten, lachte. „Vielleicht, weil ich mich eher wie seine Schwester als seine Exfreundin fühle. Attico und ich sind jetzt mit den richtigen Partnern zusammen. Und ich bin so glücklich, so dankbar, dass er dich gefunden hat."

Temple biss sich auf die Lippe. „Ich wollte allein zum Traualtar gehen ... wäre es zu viel verlangt, wenn du mich begleitest? Du kannst Nein sagen, und ich wäre nicht beleidigt."

„Es wäre mir eine Ehre, meine Freundin. Wirklich."

. . .

Und so nahm sie Lucindas Arm, als sie im Ballsaal des Hotels zum Altar ging, und die beiden Frauen gingen auf den wartenden Attico zu mit Tony an seiner Seite. Er grinste Lucinda an und formte ein Dankeschön mit seinen Lippen und wandte dann seinen Blick Temple zu. Seine Augen waren intensiv, voller Feuer und Liebe, und er neigte seinen Kopf vor, um sie auf die Wange zu küssen. „Du bist wunderschön, einfach wunderschön. Ich bin der glücklichste Mann auf der Welt."

Temple fühlte sich taumelig, hocherfreut und ehe sie sich versah, waren sie verheiratet und Attico führte sie vom Altar weg, durch eine Wolke von Blüten, mit der ihre Gäste sie bewarfen – von denen Temple die meisten gar nicht kannte.

Der Rest der Hochzeit war ein Wirbel von Gelächter, Grüßen, Glückwunschbekundungen und Feierlichkeiten. Selbst Sebastiano war nüchtern – zumindest die meiste Zeit des Tages – und die Party ging bis tief in die Nacht.

Um 3 Uhr morgens gingen die ersten Gäste, und Attico und Temple hatten endlich einen Moment für sich. Er ermunterte sie, in ihr Schlafzimmer zu gehen, wo sie dankbar ihr Hochzeitskleid auszog. So bequem es auch war, sie war erleichtert, sich endlich ein schlichtes Kleid mit Spaghettiträgern anzuziehen.

Attico zog ebenfalls bequemere Kleidung an, eine Jeans und ein klassisches T-Shirt, das das Grün in seinen Augen zur Geltung brachte.

Bevor sie wieder zu den restlichen Gästen hinuntergingen, nahmen sie sich einen Moment draußen auf dem Balkon des Hotels. Attico nahm sie in seine Arme. „Hallo, Mrs. Fibonacci."

Temple grinste. „Mr. *Dubois*."

Attico lachte. „Ich erwarte gar nichts. Na ja, außer einer Sache."

„Und die wäre?" Sie lachte ob des schalkhaften Schimmers in seinen Augen, und er zog sie noch näher zu sich heran.

„Ich", setzte er an, während seine Lippen ihren Hals fanden, „werde dich später auf diesem Balkon ficken, meine geliebte Ehefrau, und werde dich so hart ficken, dass dich ganz Manhattan hört, wie du meinen Namen schreist."

Temple griff hinunter zwischen seine Beine. „Das Versprechen hältst du besser, Ehegatte."

UNTEN UNTERHIELTEN sie sich mit den restlichen Gästen. Temple musste bei ein paar nachfragen, wer sie denn waren, und als sie ein bekanntes Gesicht sah, zeigte sie es Attico.

Ihr Magen zog sich unangenehm zusammen, als sie sah, das Atticos Lächeln auf seinem Gesicht gefror und sich Verärgerung darauf breitmachte. „Was ist los?"

„Der Kerl ist echt unglaublich. Er ist überall."

„Denny Fleet?"

Attico sah sie scharf an. „Du kennst ihn?"

Temple runzelte die Stirn. „Ich dachte, du kennst ihn. Er war in Paris. Hat sich als Geschäftsfreund vorgestellt."

„Von mir?"

Sie nickte, und Attico schnaubte. „Ich kenne ihn vom Fitnessstudio, und das war es dann auch." Er runzelte die Stirn. „Er war auch in Genf."

„Das ist ja schräg."

„Das ist gruselig."

Temple seufzte. „Das ist es ein wenig ... aber schau mal, lass uns positiv bleiben. Vielleicht ist er einfach nur ein einsamer Kerl ... der total in dich verknallt ist."

Attico lachte nicht. „Wir brauchen wirklich nicht noch mehr Unheimliches in unserem Umfeld." Er wollte gerade zu dem

Mann gehen, aber Fleet sah ihn, nickte und drehte sich um und sprach mit einem anderen Gast.

„Vielleicht ist er die Begleitung von jemandem."

„Vielleicht. Aber ich lass jemanden das überprüfen."

Temple zog an seinem Arm. „Nicht heute Nacht, Baby. Heute Nacht ist unsere Zeit, okay?"

Attico entspannte sich. „Na schön." Er küsste sie, und sie lehnte sich an ihn. „Sollen wir uns entschuldigen?"

„Ich denke, wir haben unsere Zeit abgesessen."

Im Fahrstuhl zu ihrer Suite drückte Attico sie gegen die Wand, während er sie küsste, und zog ihre Arme über ihren Kopf und drückte seinen Körper gegen ihren. „Gott, du bist wunderschön", murmelte er und blickte ihr tief in die Augen.

Wenn er so war, so intensiv, so herrisch, dann raubte es ihr den Atem. Temple erwiderte seine Küsse und rieb ihr Geschlecht an seiner Leiste. Als der Fahrstuhl ihr Stockwerk erreicht hatte, hob Attico sie plötzlich hoch und warf sie über seine Schulter. Temple kicherte auf dem ganzen Weg zu ihrem Zimmer.

„Lass das Licht aus ... wir gehen zum Balkon."

Temple spürte, wie ihr Geschlecht mit Erregung ob seines kommandierenden Tons durchströmt wurde, und als er sie absetzte, lehnte sie sich zurück gegen den Steinbalkon. Attico ging auf die Knie, wand seine Hände unter ihr Kleid und drängte seine Finger seitlich in ihr Höschen. Er zog es herunter und blickte von unter seinen dichten, dunklen Wimpern zu ihr herauf, und seine grünen Augen waren vor Verlangen ganz hell.

Temple zitterte vor Verlangen bei deren Anblick. „Ich liebe dich so sehr, Attico", flüsterte sie und schnappte dann nach Luft, als er grinste und dann sein Gesicht in ihrem Geschlecht vergrub und seine Zunge ihren Kitzler suchte.

„Oh Gott, Atti ..." Sie schloss ihre Augen und lehnte sich

zurück, der harte Stein ruhte kalt an ihrem Rücken. Atticos Finger gruben sich in das weiche Fleisch ihrer Innenschenkel, während er ihr Vergnügen bereitete, und keiner von beiden sah den Fremden im Schatten des Zimmers dastehen, der sie beobachtete.

Er beobachtete sie beim Liebesspiel, seine Augen klebten auf Temples exquisitem Körper, ihren üppigen, vollen Brüsten, als sie sie an Atticos Brust drückte, ihrem weichen Bauch an dem ihres Mannes, während sein Schwanz in sie stieß.

Es drehte sich ihm vor Wut und Eifersucht der Magen um. Er hatte sie in Ruhe gelassen, und jetzt war es an der Zeit, seinen Plan in die Tat umzusetzen. Die Studentin in der Schweiz war lediglich seine Eröffnungssalve.

Jetzt würde er ihr Leben zur Hölle machen.

14

KAPITEL VIERZEHN

Die SMS kam am Tag nach ihrer Hochzeit durch. Attico, der seine Arbeit vernachlässigt hatte, hatte sich mit Tony geeinigt, dass er für einen Tag ins Büro kommen würde, bevor er und Temple in die Flitterwochen flogen.

Temple war allein, als die Nachricht kam. Sie packte gerade ihre Koffer für die Reise – eine Woche in Antigua – und dachte nicht nach, als sie die Nachricht öffnete.

Die Teufel-Tarotkarte erschien auf ihrem Bildschirm, und sie zuckte zusammen und ließ ihr Handy fallen. Zitternd hob sie es auf und versuchte zu sehen, ob es noch eine weitere Nachricht gab, aber da war keine. Sie setzte sich auf den Boden und studierte die Ikonografie und versuchte die Nachricht zu entziffern.

Der Teufel wurde als ein rachsüchtiger Gott abgebildet, der über dem Körper einer toten Frau stand und lachte. Die Frau blickte mit leeren Augen in Richtung Himmel, ihr Gewand war blutdurchtränkt, und sie war mit Schwertern durchbohrt. Der Teufel hielt das letzte über seinem Kopf und war bereit, der verwundeten Frau den Gnadenstoß zu geben.

Temple zitterte. Olivias Tod folgte das letzte Mal, als sie diese Art von Nachricht erhalten hatte, aber die Fakultät war geschlossen. War es diesmal eine an sie gerichtete Morddrohung? Und warum um Gottes willen? Und wenn jemand vorhatte, sie zu töten, warum sollte er oder sie sie vorwarnen? Der Mörder musste wissen, dass sie durch Atticos Reichtum und Macht beschützt wurde.

Sie rief Attico an und erzählte es ihm. „Ich komme nach Hause", sagte er sofort.

„Nein, nein, nicht. Es geht mir gut, und es ist ja nicht so, dass ich hier nicht eh schon in einer Festung bin. Ich möchte nicht eine dieser hysterischen Ehefrauen sein, ich musste einfach nur deine Stimme hören."

„Das gefällt mir nicht, Tem. Jemand hat es auf dich abgesehen – warte, entschuldige, Schatz ..." Temple hörte jemand anderes im Raum reden, dann sagte Attico ihren Namen.

„Ich bin da."

„Baby, da ist was passiert ... Bleib, wo du bist, und mein Sicherheitsteam ist unterwegs. Bitte, Schatz, tu alles, was sie dir sagen."

„Was ist los, Atti?"

Er zögerte. „Liebling ... Ich bin so schnell wie möglich zu Hause und dann erzähle ich dir alles. Bitte bleib einfach, wo du bist."

TEMPLE SCHRITT im Zimmer umher und warf zwei riesigen Bodyguards besorgte Blicke zu, die nur Augenblicke nach Atticos Anruf aufgetaucht waren. Sie standen da wie Statuen, aber ihre Augen schnellten durch das Zimmer und beobachteten jede Bewegung. Als sie das Fenster öffnen wollte, hielt einer von ihnen sie zurück. „Bitte, Mrs. Fibonacci, bleiben sie von den Fenstern weg."

Gott. Angst ließ ihren Magen zusammenziehen. War das in Atticos Welt normal? Sie nahm ihr Handy. Sie würde Lucinda anrufen und sie fragen, ob das auch passiert war, als sie mit Atti zusammen war – sie fing an, als derselbe Bodyguard ihr sanft eine Hand auf den Arm legte. „Es tut mir leid, Ma'am. Mr. Fibonacci sagte, keine Handyanrufe tätigen oder entgegennehmen. Nur solange, bis er da ist."

Heilige Scheiße. Temple nickte steif und setzte sich dann und umklammerte ihre zitternden Händen. Es fühlte sich wie eine Ewigkeit an, bis Attico mit ernstem und düsterem Gesichtsausdruck zurückkam. Er nickte den Bodyguards zu, die sie allein ließen, und er ging dann auf sie zu. „Es tut mir leid, Liebling, ich wollte dir keine Angst machen."

„Was ist los?"

Attico drängte sie, sich hinzusetzen, und Temple war panisch, als sie sah, dass seine Augen rot waren und sein Leiden offensichtlich war. „Liebes ... ich habe erschütternde Neuigkeiten. Gott, ich kann nicht mal glauben, dass ich diese Worte jetzt sage. Es ist Lu."

Die Angst wurde zu Entsetzen. Temple schluckte schwer. „Attico ..."

„Sie war auf dem Weg zur U-Bahn, als ihr jemand in den Rücken stach und sie die Treppe hinunterstieß."

Temples Hand war auf ihrem Mund. „Oh Gott, nein ..."

„Sie ist im Krankenhaus. Das Baby ... er hat es nicht geschafft. Die Stichwunde war nicht zu tief, aber Lu hat sich ihren Kopf ziemlich schlimm gestoßen. Sie operieren sie, seit sie ins Krankenhaus gekommen ist. Pierre ist bei ihr."

„Oh nein, nein ... arme Lucinda. Wer zum Teufel würde ihr etwas antun wollen?"

„Genau darum geht es." Er seufzte und bedeckte seine Augen mit einer Hand. Er sah erschöpft aus. „Bevor sie gestoßen wurde, sagte ihr Angreifer etwas, das laut genug war und deshalb von Zeugen gehört wurde. Er sagte 'Das hast du Fibonacci und seiner ...', es tut mir leid, Liebling, ich wiederhole nur seine Worte, 'Das hast du Fibonacci und seiner ... Hure zu verdanken'."

Temple stand auf und lief ins Badezimmer, wo sie sich mehrfach übergab. Attico folgte ihr und rieb ihren Rücken, hielt ihr Haar zurück, während sie sich übergab. „Ich wusste nicht, ob ich dir das überhaupt erzählen soll."

Temple schüttelte den Kopf. „Attico, nein. Halte niemals so etwas vor mir geheim ... und Gott, glaubst du, er hat es auf alle abgesehen, die wir lieben? Die Karte, die ich heute erhielt, das Bild auf der Nachricht ... es war Der Teufel."

Sie spülte ihren Mund aus und ging zu ihrem Handy. Sie zeigte Attico die Karte. Jetzt, als sie sie genau betrachteten, sah sie, dass die tote Frau schwanger war. *Oh Gott ...*

Attico seufzte und schüttelte den Kopf. „Ich glaube nicht, dass es da noch irgendwelche Zweifel gibt. Dein Bruder, Olivia und jetzt Lu. Da spielt jemand gefährliche Spiele."

DIE POLIZEI KAM und die Detectives waren höflich, als Attico und Temple ihnen alles erzählten, was sie wussten. Eine der Detectives, Halloran, nickte. „Das FBI wird sich dafür interessieren. Sie werden sich mit den Genfer Behörden in Verbindung setzen." Sie sah Temple an. „Ihr Verlust tut mir sehr leid, Mrs. Fibonacci."

„Vielen Dank." Temples Kehle schnürte sich zu.

„Ich werde mit meiner Frau für eine Woche außer Landes gehen", erzählte Attico ihnen zu Temples Bestürzung.

„Liebling, was ist mit Lu?"

„Ich verstehe es so, dass Mr. Pierre Latulip darum gebeten hat, dass Lucinda keine Besuche erhält, außer von direkter

Familie?" Wieder Halloran, und Attico nickte mit traurigen Augen.

„Das stimmt."

„Dann denke ich, ist es eine gute Idee, wenn Sie und Mr. Fibonacci wegfliegen. Sie nehmen natürlich Leibwächter mit?"

Attico nickte, und er und die Detectives sprachen noch weiter. Temple fühlte sich leer. Arme Lucinda ... ihr Herz schmerzte für ihre Freundin und ihren Verlust. Temple konnte es sich nicht vorstellen. Und es war jetzt auch klar, dass sie und Attico der Grund waren. Kein Wunder, dass Pierre sie nicht im Krankenhaus haben wollte. Gott, was für ein verdammtes Durcheinander.

Erst nachdem die Polizeibeamten weg waren, wurde ihr etwas klar. „Wie zum Teufel kam er an meine neue Nummer heran?"

„Wem hast du sie denn gegeben?"

„Kaum jemandem. Dir, offensichtlich. Dekan Corke, Zella, Lucinda. Ein paar der Hochzeitsplaner und Stylisten. Nicolai."

Sie lächelte jetzt leicht. Nicolai. Ihr bester Freund und sie hatten seit der Abschlussfeier kaum miteinander gesprochen. Er hatte es nicht zu ihrer Hochzeit geschafft, sehr zu ihrer Betrübnis, er hatte aber eine Verpflichtung gehabt, die er nicht absagen konnte.

„Ich werde im Geiste bei dir sein, *ma petite pamplemousse*", hatte er gesagt, als sie mit ihm telefoniert hatte. Er brachte sie zum Lachen, und sie vermisste es, ihn nicht um sich zu haben.

Attico nahm ihre Wange in seine Hände. „Geht es dir gut?"

„Nein. Aber das wird es." Sie schlang ihre Arme um seine Taille. „Ich muss nur wissen, dass es jedem, den ich liebe, gutgeht. Besonders dir. Wenn dir jemals irgendetwas zustoßen sollte, Attico ... Ich könnte nicht weiterleben. Ich meine das ernst."

Er drückte seine Lippen auf ihre Stirn. „Sag sowas nicht, Baby."

„Es ist wahr."

Attico seufzte. „Mir geht es genauso."

Sie standen einfach da und hielten sich für einige Zeit in den Armen, dann strich Attico ihre Haare aus ihrem Gesicht. „Packen wir. Wenn ich dich schon wegbringen muss, dann können wir genauso gut unsere ..."

„Nicht. Ich meine, ich gehe mit dir weg, aber nennen wir es bitte nicht Hochzeitsreise. Nicht, solange Lu in Gefahr und dieser Irre da draußen ist."

„Okay, Baby."

WÄHREND SIE PACKTEN, schnappte Temple ihr Handy und schrieb Lucinda eine Nachricht.

MEINE LIEBSTE LU, es tut mir so leid. Wenn ich irgendetwas für dich tun kann ... egal was. Alles Liebe dir und Pierre. Ich meine es ernst.
Egal was.
Temple.

SIE WOLLTE AM LIEBSTEN WEINEN, vor Trauer, ja, aber noch eher vor Wut. Wer war dieser Dreckskerl, und warum zur Hölle hatte er es auf sie abgesehen? In ihrem Herzen wusste sie, dass die Person, die Luc und Olivia getötet hatte, dieselbe war, die versucht hatte, Lucinda zu töten.

„Baby, bei unserer Hochzeitsfeier hast du gesagt, dass du einen Detective bitten würdest, sich mal Denny Fleet anzusehen. Hast du das schon gemacht?"

Attico unterbrach das, was er gerade tat. „Nein. Ich muss

zugeben, ich habe es vergessen. Warte, ich ruf Tony an und bitte ihn, dass er einen unserer Leute darauf ansetzt."

Als sie endlich in Atticos Jet von Teterboro aus abhoben, hatte Tony ihnen versprochen, dass er Denny Fleets Hintergrund durchleuchten würde.

„Es ist schon seltsam, dass er überall da war, wo ihr in den letzten Monaten wart, Atti. Keine Sorge, ich kümmere mich darum."

Temple war im Schlafzimmer, als Attico sich fertig mit dem Piloten unterhalten hatte, und er legte sich zu ihr. „Ich habe das Krankenhaus angerufen. Lu ist aus dem OP-Saal draußen, und alles ist gut verlaufen."

„Das hat man dir gesagt? Obwohl du kein Verwandter bist?"

Attico lächelte verlegen. „Ich habe meine Optionen."

„Die großartige Macht des Geldes." Temple hatte nicht die Absicht, ihre Stimme so scharf klingen zu lassen, aber im Moment war sie auf die ganze Welt sauer.

Attico tat ihre Stichelei ab. „Es ist, was es ist."

Temple schloss ihre Augen, und Attico zog sie zu sich heran. „Ich schwöre, Tem, wir werden das in den Griff kriegen. Du und ich, vergessen? Nichts wird das ändern."

„Ich weiß. Versprich mir einfach, dass du mir bei allem immer die Wahrheit sagst. Beschütze mich nicht, indem du mir etwas vorenthältst oder lügst. Das ist das Einzige, womit ich nicht fertig werde."

„Ich verspreche es, Baby."

ALS ABER TEMPLE vor Schock und Trauer eingeschlafen war, lag Attico wach und konnte nicht schlafen. *Enthalte mir nichts vor ...*

Attico verzog sein Gesicht. Wenn Temple wüsste, was er ihr nicht von Anfang an erzählt hatte ... was zur Hölle würde sie tun?

Sie würde dich sofort verlassen, und du hättest es verdient.

Herrgott, nein. Er konnte die Vorstellung, jetzt ohne sie zu leben, nicht ertragen. Es wäre unerträglich und trotzdem, indem er weiterhin das zurückhielt, was er über das Winterblut-Tarot, über Luc wusste, was er getan hatte ... er bereute es bereits, dass er es ihr nicht sofort erzählt hatte.

Eine verdammte, dumme Entscheidung, die von einem egoistischen Mann getroffen wurde.

Wenn irgendjemandem anderes oder Temple – Gott, der Gedanke allein ließ Schmerzen durch seinen Körper schießen – etwas zustoßen sollte, dann würde Attico durchdrehen, das wusste er.

Wer auch immer es war, der seine Liebe und seine Freunde bedrohte, er würde ihn dafür bezahlen lassen.

Egal was es kostete.

KAPITEL FÜNFZEHN

Am dritten Tag ihrer *Nicht*hochzeitsreise hatten sich Temple und Attico soweit entspannt, dass sie ihre Zeit auf der tropischen Insel genießen konnten, obwohl Attico jeden Tag Anrufe von Tony erhielt, der ihn auf den neusten Stand brachte.

Temple fühlte sich ausgelaugt. Sie wusste von Atticos Kontakten im Krankenhaus, dass es Lucinda viel besser ging. Die Stichwunde, die ihr zugefügt wurde, war lediglich eine Fleischwunde, und ihre Kopfverletzungen waren nicht so ernst, wie zunächst angenommen.

Aber da war immer noch die Tragödie mit dem verlorenen Baby, und Temple konnte nicht anders, als sich schuldig zu fühlen. Während Attico am Donnerstagmittag mit Tony sprach, ging sie an den privaten Strand der Villa, die Attico für sie gemietet hatte. Es war heiß, aber Temple fühlte sich innerlich kalt. Olivia war tot. Lucindas Baby ...

Das Schlimmste neben der Trauer und der Schuld war, dass sie sich jeden ansah, dem sie jemals begegnet war, mit dem sie je gesprochen hatte, den sie je angesehen oder an dem sie auf der

Straße vorbeigegangen war und fragte sich, ob es einer von ihnen war, der ihnen allen das Leid, den Schmerz zufügte.

Selbst Attico. Nichts von alldem war geschehen, bis sie sich begegneten. War es irgendeine komische Art kosmischen Gleichgewichts, dass, so glücklich sie auch mit ihm war, es dafür irgendeine Art ... Vergeltung geben musste?

Und noch schlimmer ... sie wusste, dass er etwas aus seiner Zeit an der Akademie und seinem Wissen bezüglich Luc vor ihr verbarg. Hatte Attico das Mädchen gekannt, das gestorben war? Sie versuchte sich an seine Reaktion zu erinnern, als sie ihm das Winterblut-Tarot zeigte. Er schien es nicht wiedererkannt zu haben, aber war er vielleicht einfach nur ein guter Schauspieler?

Sie fragte sich, ob Dekan Corke mehr über Attico wusste, als er ihr erzählt hatte. Sie würde versuchen, ihn anzurufen, wenn sie zurück in New York waren, wenn Attico denn überhaupt zuließ, dass sie *jemanden* anrief. Er war ein fairer, guter Mann, aber jetzt konnte sie es sehen – er war es gewöhnt, das Kommando zu haben.

Temple unterbrach sich jäh. *Was zur Hölle denkst du da? Attico würde mich nie davon abhalten, etwas zu tun.* Sie blickte über ihre Schulter durch die Terrassentür zu dem Mann, den sie geheiratet hatte.

Den Mann, den sie nach nur wenigen Wochen geheiratet hatte. Was hatte sie sich dabei gedacht? Logisch denken.

Eines. Du liebst ihn.

Ja, aber kenne ich ihn denn wirklich?

Was hat das mit Liebe zu tun? Viele Menschen verlieben sich in jemanden, den sie nicht kennen.

„Ahh." Temple stöhnte in sich hinein. Das Einzige, was sie momentan ganz sicher wusste, war, dass sie Attico Fibonacci definitiv liebte. Sie stand auf, klopfte den Sand aus ihrem Kleid und ging hinein.

Attico telefonierte immer noch mit jemandem, deshalb beschäftigte sich Temple damit, die Küche zu putzen. Die Villa war wunderschön, ein absolutes Paradies, weit weg von den Schrecken, die sie erlebt hatten, aber Temple konnte sich nicht einleben. Sie fühlte sich schuldig, dass sie vor ihren Problemen davonlief.

Langsam schlich sich Atticos Gespräch in ihr Bewusstsein. Sie blickte zu ihm hinüber, und er lächelte sie an und warf ihr einen Kuss zu. Sie lächelte, kam aber nicht umhin, sich zu fragen, mit wem er jetzt sprach. Sein Tonfall war sanfter als zu dem Zeitpunkt, als er mit Tony sprach und jetzt, als er das Telefonat beendete, lächelte er.

„Das war Lu. Sie wurde aus dem Krankenhaus entlassen. Offensichtlich müssen sie und Pierre den Verlust ihres Kindes verarbeiten, aber körperlich gesehen geht es ihr viel besser." Er stand auf und ging zu Temple, strich mit seiner Hand durch ihr Haar und strich es hinter ihr Ohr. „Sie lässt dich ganz lieb grüßen, Tem."

Temple atmete zitternd aus. „Ihr geht's gut?"

Attico nickte. „So gut, wie man es erwarten kann."

Temple spürte, wie ihr Körper zusammensackte, wie die Spannung von ihr abfiel. Attico zog sie in seine Arme und sie schloss ihre Augen. „Baby, komm, legen wir uns hin."

Er führte sie ins Schlafzimmer, und sie lagen zusammen im Bett. Atticos Hand streichelte ihren Körper. Temple spürte, wie eine Unzahl an Emotionen sie überkam, aber im Augenblick wollte sie nur eine.

Liebe.

Sie drückte ihre Lippen auf die ihres Mannes und spürte, wie er reagierte und sein Kuss tiefer wurde, während seine Zunge ihre liebkoste. Attico stöhnte sanft auf, als er ihren Körper mit seinem bedeckte und ihr Kleid über ihre Hüfte hochschob.

„Warte nicht", sagte Temple eindringlich, „ich brauche dich in mir drin."

Mit einer schnellen Bewegung riss Attico ihr Höschen herunter, während sie seinen Schwanz von seiner Unterhose befreite, und dann war er schon in ihr, stieß hart in sie und drückte ihre Hände auf das Bett. Ihr Liebesspiel war wild, animalisch, fast schon verzweifelt, während sie sich wild paarten und sich das Bett unter ihrem Tun bewegte.

Temple kam heftig, während sie immer wieder seinen Namen schrie, als sie sich dann erholt hatten, drückte sie ihn auf den Rücken und setzte sich rittlings auf ihn. Attico grinste zu ihr hinauf. „Magst du das Kleid?"

Temple zuckte mit den Achseln. „Es ist okay. Warum?"

Attico packte den Stoff an ihrer Schulter und riss es ihr vom Leib. Temple grinste. „Böser Junge."

„Ich werde das ganze Ding hier von deinem leckeren Körper reißen und dann werde ich es dir so besorgen, wie du es dir nicht vorstellen kannst."

Temple schnurrte fast vor Erregung, als Attico ihr den Rest des Kleides vom Körper riss und sie zurück auf das Bett warf und seine Lippen entlang ihres Bauches gleiten ließ. Er drückte ihre Beine zu ihrer Brust hoch und drückte dabei ihre Schenkel auseinander. „Gott, das ist die vorzüglichste Aussicht auf Erden …"

Temple spürte, wie ihre Vagina von Verlangen durchströmt wurde, als Atticos Schwanz wieder in sie tauchte und er sie hart fickte und ihre Schenkel vor süßen Schmerzen aufschrien, während er seine Hüfte gegen ihre rammte und sein Schwanz immer tiefer und härter in ihre Möse drang.

„Gott, Attico, Attico …"

Sie kam wieder und fühlte sich fast schon benebelt, während eine Million Sterne in ihrem Kopf explodierten, als ihr Orgasmus durch sie zuckte. Attico erreichte seinen Höhepunkt, und sie spürte, wie er dicke, cremige Wichse tief in sie hineinpumpte. Während sie wieder zu Atem kamen, weidete sich Temple an dem Gefühl seines Samens in ihr. Sie nahm die Pille seit kurz vor der Hochzeit, aber sie liebte das Gefühl seiner Haut auf ihrer. Dadurch fühlte sie sich ihm näher.

Attico lächelte sie an. „Ich hoffe, du bist nicht müde, das war nämlich erst der Anfang einer sehr langen Nacht."

Temple lachte, ein gesegnetes Lösen von Spannung, und sie fingen wieder an. Temple spürte, wie Glück in ihre Knochen sickerte.

ABER AM NÄCHSTEN Morgen wurde ihr die dritte Karte geschickt, und das veränderte alles.

KAPITEL SECHZEHN

Die Liebenden. Die romantischste Karte im Tarotdeck ... *für gewöhnlich.*

Aber die Karte der Liebenden im Winter-Tarot war das Gegenteil von Romantik. Ja, die zwei abgebildeten Liebenden waren ineinander verschlungen und küssten sich, aber gleichzeitig war die Hand des Mannes am Griff eines Messers, dessen Klinge tief im Körper der Frau vergraben war. Blut strömte herunter, was wie ein Hochzeitskleid aussah, und ihr Kopf fiel zurück, das Haar fiel ihr über den Rücken, während sie starb.

Und dieses Mal kam die SMS mit einer Warnung.

Wie gut kennst du eigentlich deinen Mann?

Temple fluchte leise und machte ihr Handy aus. Irgendetwas sagte ihr, dass sie Attico nichts davon sagen sollte, trotz der Drohung, sie wusste aber nicht, was. Vertrauen. Vertraute und liebte sie Attico?

Sie hielt die Nachricht geheim, während sie zurück nach New York flogen und beschloss, es ihm zu sagen, wenn sie dachte, dass die Zeit dafür richtig war. Fürs Erste ...

„Babe? Tonys Detektiv hat ein paar Sachen über Denny Fleet herausgefunden."

Sie blickte auf, als Attico zurück in ihre Küche kam. „Oh?"

Sein Gesichtsausdruck war aber grimmig. „Ja. Er hat die Tatsache herausgefunden, dass Denny Fleet ... nicht existiert."

Temple stellte ihre Tasse Kaffee hin. „Was?"

„Existiert nicht. Es gibt keinen Denny Fleet, es ist ein Pseudonym." Attico seufzte und setzte sich. „Er – wer immer er auch ist – hat uns beobachtet, uns verfolgt. Und ich habe keine Ahnung, warum."

„Er war in Genf, als Luc starb, als Olivia ermordet wurde. Da muss eine Verbindung sein, oder?"

„Das denke ich auch."

Temple seufzte. „Vielleicht war er ein Verwandter des Mädchens, das damals umgebracht wurde. Er möchte Vergeltung ... außer ..."

„Außer?"

Sie schüttelte den Kopf. „Warum bis jetzt warten? Luc war zwanzig Jahre lang ungeschützt in der Einrichtung."

Attico beobachtete sie. „Bist du dir Lucs Schuld sicher?"

„Ich dachte eigentlich schon ... aber was, wenn es ein Unfall war, ein Spiel, das aus dem Ruder gelaufen war? Es gab eine Organisation ... wusstest du davon? Basierend auf dem Winterblut-Tarot?"

Attico zögerte einen Augenblick, bevor er antwortete. „Nein."

Temple spürte, wie sich Erschütterung in ihr breitmachte. *Er log ...* Sie wich seinem Blick aus. „Nun, es gab eine. Dekan Corke hat mir nicht wirklich viel davon erzählt, aber was er mir erzählt hat, war, dass es als eine Theaterorganisation angefangen hatte. Dass sie Drehbücher basierend auf jeder der Großen Arkana in der Packung schrieben und vorhatten, sie vorzuführen, aber dann fand man das erstochene Mädchen."

Sie stand auf und ging im Zimmer umher und wollte nicht,

dass er sie anfasste. *Lügner ... Lügner ... Nein, gib ihm eine Chance.*

„Luc war Teil der Organisation, der Einzige, den die Polizei je befragt hatte. Jeder andere war zu ... reich, um verdächtig zu sein. Sie fanden keinerlei Beweise, aber da war Luc schon verzweifelt. Seine Freunde wandten sich von ihm ab."

Sie blickte Attico dann in die Augen. „Und du warst nicht Teil der Organisation?"

„Nein. Ich schwöre. Das war ich nicht. Ich hatte keine Ahnung, dass es sie gab."

Temple drehte sich von ihm weg. „Vielleicht ist das der Grund, warum es Fleet auf mich und die Menschen, die ich liebe, abgesehen hat. Rache. Was anderes kann ich mir nicht vorstellen, es sei denn ..."

„Es sei denn?"

„Es sei denn, ich bin nicht das Ziel. Es sei denn, es ist jemand anderes. Wie du, Attico."

Er wurde ganz still. „Was sagst du da, Temple?"

Oh Gott. Jetzt kommt es. Sie ging auf ihn zu. „Du belügst mich, Attico. Du hast mich von Anfang an belogen. Du kanntest Luc. Du wusstest von der Organisation."

„Nein ..." Attico hielt inne, setzte sich und ließ sein Gesicht in seine Hände sinken. „Okay. Okay. Ja, ich wusste von der Organisation. Aber Temple, ich schwöre bei Gott, ich hatte nichts damit zu tun. Es ist nur ... es war Tony. Mein Bruder. Obwohl er seinen Abschluss über ein Jahrzehnt vor mir gemacht hatte, hatte er immer noch viel mit der Fakultät zu tun. Als das Mädchen starb, konnte ich sehen, dass er absolut am Boden zerstört war. Es stellte sich heraus ... dass sie beide was miteinander hatten. Als sie starb, war sie mit seinem Kind schwanger. Sie hatten ihn nie befragt, weil mein Vater einschritt."

„Geld kauft Unschuld." Temple gab ein angewidertes Geräusch von sich.

Atticos Gesicht wurde hart. „Vielleicht. Aber Tony ist

genauso wenig ein Mörder wie ich:"

„Und genauso wenig wie Luc."

„Bist du dir absolut sicher?"

Temple wirbelte herum und war jetzt rasend. „Du denn? Luc hatte keinen Grund, irgendwen zu töten. Ich nehme an, da du ja so sicher bist, dass Tony auch keinen Grund hatte? Trotz der Tatsache, dass er ein armes Mädchen geschwängert hat? Muss für deine Familie ziemlich peinlich gewesen sein. Aber dann wiederum, ihr Fibonaccis seid ja gut darin, die Armen der Gemeinde zu verführen, oder nicht?"

Attico war jetzt wütend. „Was zum Teufel sagst du da? Hast du hier eine Art Selbstmitleidsorgie, Temple? Habe ich nicht immer behauptet, dass Geld nichts damit zu tun hat, was ich für dich empfinde?"

Temple stiefelte aus dem Zimmer, Attico war aber nicht dazu bereit, sie einfach wegzulassen. „Wende dich nicht von mir ab, Tem. Wir müssen darüber reden."

Temple nahm ihr Handy und schob es ihm zu. „Schau dir die letzte SMS an."

Attico ging durch das Bild der Karte und las die Nachricht darunter. Der Streit schien vergessen zu sein. Er blickte zu Temple mit traurigen Augen. „Temple ... ich würde dir niemals weh tun. Das weißt du."

Temple ging zu ihm. „Das weiß ich. Nicht physisch. Aber meine Frage ist, was würdest du tun, um mich zu beschützen? Oder irgendwen, den du liebst?"

Attico blickte entsetzt drein. „Du denkst, dass ich jemandem weh tun könnte?"

„Ja."

Attico sah erschüttert aus. „Wow. Oh wow."

Temple hatte ein leichtes schlechtes Gewissen. Dieser Streit ist außer Kontrolle geraten. „Ich meine, dass ..."

„Ich weiß, was du meinst." Er sah aus, als müsste er sich

übergeben. Er setzte sich auf die Bettkante.

„Wenn du jemanden sehen würdest, der mich oder Tony oder deinen Dad verletzen würde ..." Temples Wut ließ jetzt nach. Wie zum Teufel waren sie an den Punkt geraten, dass sie ihn beschuldigte ... was eigentlich begangen zu haben?

Mord?

Nein. Sie setzte sich neben ihn. „Es tut mir leid, ich habe meine Beherrschung verloren."

„Aber du musst diese Dinge gedacht haben", sagte er leise und sah sie mit schmerzerfüllten Augen an. „Ich schätze, wir beide kennen uns doch nicht so gut."

„Ich schätze nicht." Ihr Herz klopfte traurig. „Haben wir einen Fehler gemacht?"

„Das möchte ich nicht glauben ..."

„... aber ..."

„Aber", stimmte er zu und nickte.

Temple seufzte und war den Tränen nahe. „Vielleicht sollte jeder für sich etwas Zeit allein verbringen."

Er lehnte seine Stirn an ihre. „Ich möchte dich nicht verlieren."

„Ich dich auch nicht. Aber das mit uns ging alles viel zu schnell und dann noch zu einem Zeitpunkt, wo die Emotionen überkochten."

Er glättete ihr Haar und strich es aus ihrem Gesicht. „Meine Gefühle dir gegenüber werden sich nicht ändern."

„Wir müssen das machen." Es brach ihr das Herz, diese Worte auszusprechen, aber sie wusste tief in ihrem Innersten, dass es das Richtige war. „Ich gehe für eine Weile zurück nach Genf."

„Nein, bitte nicht." Die Tränen liefen ihm über sein attraktives Gesicht, und Temple brach in Tränen aus, aber obwohl er die ganze Nacht versucht hatte, sie davon abzubringen, sie anflehte, zu bleiben, änderte sie ihre Meinung nicht.

. . .

Attico bestand darauf, dass sie den Fibonacci-Jet zurück nach Genf nahm. „Zu deiner Sicherheit und meinem Seelenfrieden. Bitte."

Ihr Herz brach beim Gedanken daran, ihn zu verlassen, aber sie beide brauchten etwas Freiraum, deshalb stimmte sie zu. Am Flughafen berührte er den Ring an ihrem Finger. „Bitte, vergiss das nicht. Vergiss nicht, dass ich dich von ganzem Herzen liebe, dass du meine Eine bist. Für immer, Temple."

Sie weinte noch, als das Flugzeug abhob.

Zurück in Genf war sie überrascht und dankbar, als sie sah, dass Nicolai auf sie wartete. „Woher wusstest du das?"

„Attico hat mich angerufen", gab Nicolai zu und umarmte sie fest. „Was ist los, Temple?"

Attico, der nicht wollte, dass sie ungeschützt und allein in der Stadt war, hatte für sie eine neue Wohnung organisiert, trotz ihres Beharrens, dass sie sich selbst eine suchen könnte, aber schließlich gab sie seinen Wünschen nach.

Sie und Nicolai gingen nun dorthin, und sie war bereits möbliert mit einem Kühlschrank voller Essen und Alkohol. „Hey, vielleicht tausche ich Rainer für deinen Mann ein", sagte Nicolai fröhlich. „Na ja, wenn du ihn nicht mehr willst."

Temple wusste, dass er nur Spaß machte, aber sie zuckte vor Schmerz zusammen, und er sah es. „Tut mir leid, Tem, ein schlechter Scherz. Hör mal, nehmen wir ein paar Bier, und du kannst mir erzählen, was zur Hölle mit euch los ist."

Temple erzählte ihm alles und selbst für ihre eigenen Ohren machte all das gar keinen Sinn. „Also, nur damit ich dich richtig verstehe ... Du triffst Attico, dann fängt all die Scheiße an. Merke dir, das fiel auch mit der Ankunft des Winterblut-Tarots zusammen, dessen Geschichte ziemlich dunkel ist. Dann wurde Luc ermordet, Olivia, und deine Freundin in New York wurde verletzt. Du heiratest einen Typen, den du erst seit ein paar Wochen kennst, und jetzt hast du ihn verlassen."

„Ich habe ihn nicht verlassen; wir brauchen einfach etwas Freiraum."

„Nichts von alldem ergibt einen Sinn, Temple."

Sie seufzte. „Ich weiß. Ich muss einfach wieder einen klaren Kopf bekommen. Vielleicht muss ich ja erst Luc und Olivia betrauern, vielleicht mit dem Dekan und der Polizei hier noch einmal reden. Sie haben mich schon seit Wochen nicht mehr bezüglich Lucs Tod kontaktiert, und ich glaube, dass sie es aufgegeben haben, denjenigen zu finden, der ihn getötet hat."

„Und dieser Fleet-Kerl?"

„Das will ich ja den Dekan fragen. Wir wissen so wenig über das ursprüngliche Mordopfer."

Nicolai grinste sie an. „Also bist du hier, um ein bisschen rumzuschnüffeln?"

„Ich denke einfach, dass die ganze Situation verrückt ist, und ich muss mehr darüber herausfinden, wer Luc hätte töten wollen. Das muss in Verbindung mit dem Tarot und dem alten Mord stehen, oder nicht?"

Nicolai seufzte. „Ich weiß es nicht, Süße. Das Einzige, was ich weiß, ist, dass es irgendwer auf dich abgesehen hat und deine Gedanken, dein Leben, deine Ehe durcheinanderbringt. Ich bin nicht sicher, ob es für dich die sicherste Option war, wieder nach Genf zu kommen."

KEINER VON BEIDEN WUSSTE, wie schrecklich wahr seine Worte werden würden.

KAPITEL SIEBZEHN

Achtundvierzig Stunden ohne Temple, und Attico hatte das Gefühl, er würde durchdrehen. Er rief sie mehrmals am Tag an, war dankbar, wenn sie jeden Anruf entgegennahm und nur geringfügig ob seiner endlosen Sorge um sie protestierte. „Es geht mir gut, Baby, ich verspreche es dir. Es ist hier immer jemand bei mir."

„Ich wünschte, du würdest es zulassen, dass ich ein Sicherheitsteam schicke."

„Nein, danke. Ich hasse es, eingesperrt zu sein."

Er hatte aber trotzdem ein Team dort, außerhalb von Temples Blickfeld. Sie wurden instruiert, Abstand zu halten, es sei denn, sie war in Schwierigkeiten. Er würde ihre Wut in den Griff bekommen, wenn und falls es soweit war.

An einem Montag, eine Woche, nachdem Temple gegangen war, konnte sich Attico nicht auf seine Arbeit konzentrieren, und er beschloss, raus zu seinem Vater zu fahren. Sebastiano war in letzter Zeit unnatürlich ruhig, und Attico fragte sich, ob er im Alkoholsumpf feststeckte, was ab und an passierte, bevor Sebastiano Aufwind bekam und seine Sucht angehen wollte.

Zu seiner willkommenen Überraschung erschien Sebastiano nicht nur nüchtern, sondern auch noch aktiv. Ein rüstiger Siebzigjähriger mit denselben hellgrünen Augen wie sein Sohn klopfte seinem Sohn auf den Rücken. „Und wo ist die wunderbare Temple?"

Attico hatte seinem Vater nichts von der vorübergehenden Trennung erzählt, und jetzt log er wieder. „Sie ist nur für eine Weile zurück nach Genf, um sich für das neue Schuljahr vorzubereiten."

„Verstehe. Willst du was trinken?" Sebastiano lächelte, als er sah, wie sein Sohn die Augenbrauen hochzog. „Ich meine etwas Alkoholfreies. Ich mach gerade eine Saftkur. Komm mit."

Amüsiert folgte Attico seinem Vater in die große Küche, wo er ein breites Angebot an Obst und Gemüse sowie einen hochmodernen Entsafter auf der Theke vorfand. Er grinste. „Wow, Dad, du scheinst ja echt darauf zu stehen."

„Zieh mich nicht auf", sagte Sebastiano und wedelte mit einem Obstmesser in der Luft. Er fing an, etwas Obst zu schnippeln. „Ich brauchte etwas, um mich vom Alkohol abzulenken. Hier ist es, und ich muss sagen, es geht mir viel besser."

„Das ist toll, Dad, wirklich." Attico setzte sich an die Theke, während sein Vater ihre Getränke vorbereitete.

Sebastiano betrachtete seinen Sohn. „Temple ist also in Europa?"

Attico nickte, und Sebastiano räusperte sich. „Du lässt dieses wundervolle Mädchen jetzt aber nicht los, oder?"

„Das werde ich nicht."

„Wirst du nicht. Hmm. Tony sagt, dass es Ärger im Paradies gibt."

Attico war verärgert. „Tut er das?"

„Er macht sich Sorgen. Hör mal, ich kenne Temple nicht so gut wie du ... *falls* du sie kennst, aber ich höre, dass sie Luc Monfils jüngere Schwester ist. Du spielst hier mit dem Feuer, Attico."

Attico nickte. „Das weiß ich."

„Diese dumme Organisation. Diese Tarotkarten hätten verbrannt werden sollen, als man sie gefunden hat."

Attico betrachtete seinen Vater. „Dad ... hast du jemals die Tarotkarten gesehen?"

Sebastiano nickte. „Das habe ich. Absolute Verdorbenheit, wenn du mich fragst. Es ist mir scheißegal, ob sie Kunst sind oder nicht. Einfach krank."

„Ich bin ganz deiner Meinung." Attico fummelte an einem Stück Kiwi herum. „Seit sie wieder an der Akademie sind, kam all diese Scheiße wieder hoch. Jetzt ist Luc tot, ein Mädchen wurde getötet, und Temple wird gestalkt. Ganz zu schweigen von der armen Lu."

Sebastiano sah seinen Sohn entsetzt an. „Und du lässt Temple alleine zurückgehen?"

„Natürlich nicht. Sie wollte mich nicht dort haben, aber, glaube mir Dad, da ist ein Team von Leuten, die nach ihr sehen. Sie weiß es nur nicht. Sie wurden instruiert, Abstand zu halten, außer wenn sie sie brauchte, und die Wohnung, die ich für sie gemietet habe, ist hochmodern, wenn es um Sicherheit geht."

Sebastiano nickte und lächelte seinem Sohn zu. „Also, noch etwas, das du ihr verschweigst."

Attico seufzte. „Dad ..."

„Der Ehevertrag, davon spreche ich gerade."

„Dad, ich habe nie die Absicht, mich von ihr scheiden zu lassen, aber falls wir es doch tun, dann stelle ich verdammt noch mal sicher, dass es Temple nie an irgendetwas fehlen wird."

„Gegen ihren Wunsch."

„Ich entschuldige mich nicht dafür, dass ich sicherstellen möchte, dass sie alles hat, was sie verdient hat."

Sebastiano gluckste. „Sturkopf. Genau wie deine Mutter."

Attico zuckte mit den Achseln. „Temple wird mir später

danken. Außerdem wird das nie Thema sein; Temple und ich werden uns nicht trennen."

TEMPLE GING durch den Flur der Akademie und lauschte ihren Schritten, die in der Stille widerhallten. Es schien seltsam ohne ihre Studenten hier – für gewöhnlich waren die Sommerferien voller neuer Ströme an reichen Kindern, die begierig darauf waren, zu studieren und ihre Chancen zu verbessern, auf ein gutes College zu kommen.

Temple ging zum Büro von Dekan Corke. Der Dekan lebte Vollzeit an der Akademie, tat es seit seiner Tage als Lehrer, und er lächelte

sie jetzt an, als sie klopfte und in sein Büro trat.

„Temple, meine Liebe, schön, Sie zu sehen. Setzen Sie sich."

Sie lächelte den älteren Mann an. „Vielen Dank, dass Sie mich empfangen, Dekan. Ich weiß, dass es Ihre private Zeit ist."

Dekan Corke seufzte. „Unter anderen Umständen, Temple, würde ich die Ferien genießen, aber nicht dieses Mal. Selbst bei dem Mord vor zwanzig Jahren haben wir nicht so einen Horror erlebt. Das Mädchen war hier keine Studentin – nicht dass es das weniger tragisch macht – aber der Tod von Olivia Dolenz ... Eltern haben angerufen und ihre Kinder aus der Fakultät genommen. Einige kennen Sie vielleicht. Rosario, Barry Helm."

Temple war bestürzt. „Gott, Dekan ... Wir müssen dem auf den Grund gehen. Deshalb bin ich eigentlich auch zurück gekommen. Ich war gestern bei Chief Renard, der sagte aber, dass sie keine Hinweise auf Luc oder Olivia oder den Diebstahl der Tarotkarten haben." Sie blickte ihn ruhig an. „Dekan, Sie müssen mir alles darüber erzählen, was damals passiert ist. Ob Attico oder Tony Fibonacci etwas mit dem Mord zu tun hatten oder nicht ... ob Luc schuldig war. Was auch immer es ist, bitte. Sagen Sie es mir."

Corke sah sie unglücklich an. „Temple, meine Liebe ... die ganze Sache war extrem erschütternd und ich ..."

„Dekan Corke, jemand schickt mir Nachrichten, jede mit einer Karte vom Winterblut-Deck. Bedrohliche Nachrichten. Die letzte, die ich erhielt ..." Sie schluckte schwer, als sie sich an die furchtbare Karte der Liebenden erinnerte. „Nun, sagen wir einfach, dass sie mir zu nahe kam."

Attico mochte sie vielleicht nicht so ermordet haben, wie auf der Karte abgebildet, aber ohne ihn brach ihr Herz. Sie würde eher sterben, als ohne ihn zu sein. Temple schob den Gedanken beiseite.

Dekan Corke seufzte. „Was wissen Sie?"

Sie erzählte ihm, dass sie wusste, dass die Winterblut-Organisation als eine Theatergruppe angefangen hatte. Er nickte. „Tony Fibonacci war der Gründer, so viel weiß ich. Er arbeitete damals in Genf und war sehr eingebunden in der Fakultät. Die Fibonaccis waren uns gegenüber über die Jahre sehr großzügig und sind es immer noch. Ich erhielt diesen Brief von Ihrem Mann, und er verspricht uns jedes Jahr einen beträchtlichen Betrag. Das könnte die Schule sogar retten."

Temple nahm einen tiefen Atemzug. Sie hasste es, so zu denken, aber es sah Attico ähnlich, ihr selbst jetzt noch zu zeigen, wie präsent er war. *Ich bin hier, ich habe das Geld, ich bin immer da.*

Gott, was stimmte nicht mit ihr? Die ganze Sache machte sie paranoid, und sie ließ es an der einen Person aus, die sie von ganzem Herzen liebte. „Was noch, Dekan?"

„Die Gruppe fing trotz eines großen Aufschreis – ganz klar – an, die Stücke aufzuführen, aber erntete auch viel Beifall. Immer mehr Studenten nahmen teil, aber schon bald beschwerten sich ein paar der Teilnehmerinnen über das Verhalten einiger der Jungs. Zuerst sagten sie, es war einfach nur, dass die Jungs zu sehr an ihre Rollen gebunden waren, die ausnahmslos die von Angreifern waren. Es wurde behauptet, dass sie frauenfeindlich waren, was angesichts der Natur des Tarotdecks nicht überraschte. Einige Eltern nahmen an der okkulten Natur der Karten und der Stücke Anstoß."

Dekan Corke rieb sich die Stirn und sah müde aus. „Dann, nach ein paar Jahren, fing die Gruppe an, zu schrumpfen, bis nur noch der harte Kern übrig war. Luc, Simon LeFevre, Aloysius Harper."

„Attico?"

Dekan Corke schüttelte den Kopf. „Soviel ich weiß, war Attico nie Mitglied des Winterbluts, zumindest nicht öffentlich. Tony versuchte, ihn zu überzeugen, beizutreten, eine Armee aufzustellen, und ich weiß, dass Attico Luc eine Zeitlang sehr nahe stand ..."

„Was?" Temple war schockiert. „Attico und Luc waren Freunde?"

„Sehr gute sogar. Deshalb ... na ja, vielleicht wäre es besser für Sie, wenn Sie das nicht wissen."

Temples Herz schlug gegen ihre Rippen. „Nein, sagen sie es mir. Was immer es ist. Sagen Sie es mir."

Corke überlegte. „Als das Mädchen tot aufgefunden wurde ... war es Attico, der der Polizei erzählt hatte, dass Luc sie getötet hatte."

Es war wie ein Schlag in die Magengrube, und Temple beugte sich vornüber und versuchte, Luft in die Lungen zu ziehen, die in ihrer Brust eingefroren zu sein schienen. Nein. Attico war derjenige, der Luc beschuldigt hatte? „Das kann nicht sein."

„Es tut mir leid, Temple Liebes, aber es ist wahr. Als Luc den Verrat seines Freundes entdeckt hatte, sprang er von den Türmen des Gebäudes." Der alte Mann blickte sie voller Mitgefühl an. „Attico war am Boden zerstört. Er war danach nie wieder derselbe."

Temple taumelte auf ihre Füße. „Vielen Dank, Dekan." Sie schaffte es irgendwie, die Worte herauszuwürgen, aber sie wusste, sie musste von dort weg. Das Entsetzen über das, was sie gerade in Erfahrung gebracht hatte, war überwältigend. Sie hörte, wie der Dekan ihren Namen rief, als sie in den Flur hinaustaumelte, aber sie ignorierte ihn und lief weiter.

Als sie in den Hof hinauslief und nicht den hämmernden Regen auf ihrer Haut spürte, piepste ihr Handy. Noch eine Karte.

Die Hohepriesterin. Eine Frau, an einen Scheiterhaufen gebunden, mit verbundenen Augen, ein Messer, das tief in ihrem Körper steckte. Ihr Kopf hing herunter, ihr Kleid blutdurchtränkt. Temple rang nach Luft, weil sie wusste, dass das die Karte sein musste, die dem Mord des Mädchens vor zwanzig Jahren vorausgegangen war.

Die Drohung war klar. Temple drehte sich um, jetzt in blinder Panik, als sie Schritte hinter sich hörte, aber dann wurde sie schon gepackt und ihr Kopf gegen die Fakultätsmauer geschlagen, und sie erinnerte sich an nichts mehr.

ATTICO TAT SO, als würde er sich auf die Arbeit konzentrieren, als der Anruf von seinem Sicherheitsteam in Genf durchkam. Die schlimmsten Neuigkeiten. Die Neuigkeiten, die er irgendwie, wie auch immer entsetzlich, erwartet hatte.

Er hatte Temple. Temple war verschwunden.

KAPITEL ACHTZEHN

Der Flug von New York nach Genf schien doppelt so lang zu dauern als gewöhnlich. Chief Renard traf Attico am Flughafen und brachte ihn direkt zur Fakultät.

„Dekan Corke ist sehr aufgebracht, wie Sie sich vorstellen können. Er hatte gerade mit Temple gesprochen, als sie dann entführt wurde."

„Worüber hatten sie gesprochen?"

Chief Renard antwortete nicht, und Attico seufzte. Temple hatte ein wenig herumgebohrt. Er rieb sich den Kopf. Sie war weniger als vierundzwanzig Stunden verschwunden, aber Attico wusste, wo auch immer sie war, dass sie gerade durch die Hölle ging.

Falls sie noch am Leben war. Attico versuchte, sich gut zuzureden – sicher würde er es wissen, tief in seinem Herzen, wenn Temple bereits tot war. Aber nein, dieses rührselige Bauchgefühl gab es nicht. Er wusste es einfach nicht.

Sie hatten ihr Handy gefunden, wo die Nachricht immer noch geöffnet war, und als Renard ihm die Karte zeigte, die ihr geschickt wurde, wurde Atticos Blut zu Eis. „Jesus. Sie werden sie töten."

Renard studierte ihn. „Wer? Wer sind 'sie', Attico?"

Attico schüttelte den Kopf. „Ich wünschte, ich wüsste es."

TONY WAR MIT ATTICO GEFLOGEN, und jetzt warteten die Brüder darauf, von Renard befragt zu werden. Tony legte seinen Arm um die Schultern seines Bruders, bot ihm aber keine leeren Worte an, um ihn zu trösten, und Attico war ihm dafür dankbar. Er wollte jetzt keine Hoffnung; er wollte einfach nur Temple zurück, sicher und in seinen Armen.

Renard rief sie herein. „Wir haben vielleicht etwas. Brett Forrester ist vom Erdboden verschwunden."

„Er hatte Temple schon mal versucht zu vergewaltigen. Er wurde handgreiflich. Sie denken, dass er dahintersteckt?"

„Sagen Sie es mir." Renard sah Tony an. „Ich glaube, dass Sie hier Kommilitonen waren?"

Tony nickte. „Ein schleimiger Kerl. Ich könnte mir gut vorstellen, dass er Temple entführen und versuchen würde, ihr Angst zu machen, aber ein Mord? Da bin ich mir nicht sicher."

„Hmm. Nun, er hätte definitiv Zugang zur Fakultät und der Ausstellung gehabt. Nachdem Temple dem Dekan die Vergewaltigung gemeldet hatte, wurde Forrester anscheinend gefeuert, aber sie haben seinen Zugang nie gesperrt."

Tony machte ein angewidertes Geräusch, Attico aber fixierte den Detective mit seinen Augen. „Also, Forrester ist der Verdächtige ... was nun?"

„Wir haben die Flughäfen und Grenzen alarmiert, aber, um ehrlich zu sein, wenn es die Absicht des Entführers ist, tut mir leid, das zu sagen, Mademoiselle Dubois zu töten ..."

„... Madame Fibonacci", korrigierte Attico ruhig, in seiner Stimme schwang großer Kummer mit. „Sie ist jetzt meine Frau."

„Verzeihen Sie. Natürlich. Madame Fibonacci." Renard sah Attico an, und Attico sah Mitgefühl in seinen Augen. *Er denkt, dass sie bereits tot ist. Oh Gott, bitte nicht ...*

„Monsieur Renard ... was können wir tun? Wir haben unbegrenzte Ressourcen, um Ihnen zu helfen. Bitte, lassen Sie uns helfen."

„Kann ich ganz offen sein?"

„Selbstverständlich."

Renard räusperte sich. „Ich weiß nicht genau, ob es um Sie, die Fibonaccis oder um Temple geht. Einerseits könnte es Rache für Luc Monfils Handeln vor zwanzig Jahren sein."

„Das Opfer? Sie wurde nie identifiziert, nicht wahr?"

Renard zögerte. „Nicht direkt."

Attico und Tony sahen sich an. „Was?"

„Ihre Familie wollte es totschweigen."

„Sie wollten ihren Mord totschweigen?" Atticos Stimme war voller Ungläubigkeit.

Renard nickte. „Ja. Aus welchem Grund ... weiß ich nicht." Er sah Attico an. „Sie wollten gegen Luc Monfils offensichtlich Anklage erheben, aber sein Unfall machte das zunichte. Danach wollten sie einfach, dass der Name ihrer Tochter nicht durch die Presse gezogen wird."

„Das ist doch sicher illegal?"

Renards Lippen kräuselten sich. „Sie hatten ebenfalls unbegrenzte Ressourcen, Mr. Fibonacci."

„Hören Sie, das hilft Temple nicht." Attico stand auf und durchschritt den Raum. „Also was? Sagen wir, dass es die Familie des toten Mädchens ist? Was?"

„Ich sagte Ihnen, wir wissen es einfach nicht. Das Einzige, was wir tun können, ist, den Hinweisen zu folgen, die wir haben. Wir brauchen Sie hier, damit Sie uns bei weiteren Fragen helfen."

„Kein Problem." Tony blickte seinen Bruder an, der steif nickte. Attico sah Renard an.

„Finden Sie sie einfach. Bitte."

Temple öffnete ihre Augen und sah nur Dunkelheit. Sie spürte einen groben Stoff, der um ihre Augen gebunden war, und das raue Reiben des Seils um ihre Hände. „Hallo?" Ihre Stimme war rau und schroff.

Sie lag auf der Seite auf einer groben Decke, so viel konnte sie feststellen. Sie war in einem Gebäude, einem Raum, der nach Feuchtigkeit und Nichtnutzung roch. „Hallo?"

Keine Antwort und für einen Augenblick dachte sie, sie wäre allein. Dann erschrak sie und schnappte nach Luft, als jemand ihr Gesicht

anfasste. „Sch."

Die Stimme eines Mannes. Sie spürte, wie er mit seinem Zeigefinger ihre Wange fast schon sanft entlangstrich. „Wer sind Sie? Was wollen Sie?"

Da war etwas Kaltes an der Haut ihres Arms, dann ein Nadelstich und in ihrem Kopf drehte sich alles. Was auch immer er ihr gegeben hatte, gab ihr zunächst ein euphorisches Gefühl, und dann, als die Wirkung nachließ, wurde ihr Mund trocken, ihre Haut juckte, und sie verlor jegliches Zeitgefühl. Schließlich wurde ihre Atmung langsamer, und sie wurde bewusstlos.

Ihre Bewusstlosigkeit wurde von Träumen, Blut, Tod und – was das Allerschlimmste war – Attico gequält, wie sie ihn verlor oder er sich von ihr abwendete, da sie getötet worden war.

Sie wachte zitternd und weinend auf. Dieses Mal konnte sie spüren, dass sie allein war und schluchzte leise, bis sie erschöpft war. Temple versuchte, ihre Hände zu befreien – ihre Schultern brannten – aber wer auch immer sie festgebunden hatte, wusste, was er tat.

Erschöpft ließ sie ihren Körper zusammensacken und beschwor eine glückliche Erinnerung herauf. Die Nacht vor ihrer Hochzeit mit Attico. Sie hatte ihm das Versprechen abgerungen, vor Mitternacht zu gehen, aber das hatte sie nicht davon abgehalten, das Beste aus den paar Stunden ihres letzten Tages als Singles herauszuholen.

Abendessen in einem von Atticos Lieblingsrestaurants, gefolgt von einer Taxifahrt zurück zum Hotel, wo sie sich während der gesamten Fahrt geküsst hatten und kaum etwas von New Yorks geschäftigen Nachtleben vor dem Taxifenster sahen. Sie teilten den Fahrstuhl mit ein paar anderen Gästen, sie hielten Händchen und sahen sich in die Augen.

In der Suite tranken sie eine Flasche Champagner auf dem Balkon, Attico hatte seinen Arm um ihre Taille gelegt, seine Lippen waren an ihrem Haar. Temple lächelte zu ihm auf. „Ich liebe dich, Atti."

Attico lächelte zu ihr hinab, seine schönen grünen Augen kräuselten sich an den Winkeln und machten die dichten Brauen weicher, die ihm oft ein grübelndes oder gefährliches Aussehen verliehen. „Und ich liebe dich, Piccolo."

Er neigte seinen Kopf und drückte seine Lippen auf ihre. Während sich der Kuss vertiefte, nahm er die Champagnerflöte aus ihrer Hand und stellte sie auf den Balkon, während er sie in seine Arme nahm.

„Wo sollen wir zuerst ficken, Kleines?"

Temple kicherte. „Wo immer du willst, Baby."

Sie schafften es nicht zum Bett, stattdessen rauften sie zum Spaß auf dem Teppich und zogen sich gegenseitig aus. Temple ließ ihre Hände über seine harte Brust gleiten und legte dann ihre Arme um seinen Hals. „Ich habe so ein Glück", flüsterte sie, „so ein Glück, dich gefunden zu haben, so ein Glück, dass du mein Erster warst. Du hast mich für andere Männer versaut – nicht, dass ich überhaupt irgendeinen anderen haben wollte."

„Temple", murmelte er, seine Lippen an ihren. „Mein Leben begann, als ich dich getroffen habe."

Sein Kuss war grob, wild, und Temple ließ sich hineinsinken und gab all ihre Kontrolle ab, während Attico ihren Körper so dominierte, wie nur er es konnte.

Während er ihre Hände auf den Boden drückte, blickte sie zu ihm auf, während er zu ihr hinunterlächelte. „Schlinge deine Beine um mich, meine Schöne."

Sie tat, wie er ihre befohlen hatte, und seufzte dann vor Lust, als er langsam in sie eindrang. Sie benutzten die meiste Zeit noch Kondome, aber jetzt da Temple die Pille nahm, gab es Zeiten, wo sie beide Haut auf Haut sein wollten. Sein Schwanz, so lang, dick und schwer, füllte sie aus, und sie fingen an, sich synchron, komplett ungehemmt, zu bewegen.

Ihr Liebesspiel fing wie immer mit Gelächter und Spaß an, aber dann wurden die Dinge intensiv, ihre Augen fixierten einander, und sie fingen an, hart, wild und animalisch zu ficken.

Temple kam heftig und schrie dann, als Attico abwechselnd in ihre sensiblen Nippel biss, bevor auch er sich dem Höhepunkt näherte. „Komm auf meiner Haut", drängte ihn Temple. „Ich möchte dich auf meiner Haut."

Attico, dessen attraktives Gesicht gerötet war und dessen Augen glänzten, zog ihn heraus und kam auf ihrem Bauch, während er ihren Namen seufzte und sie ihn antrieb. Er brach neben ihr zusammen und rang nach Luft. „Jesus, Temple, du machst mich wahnsinnig ... so wahnsinnig ..."

Temple lächelte. „Das freut mich, Baby."

Attico glitt mit seiner Hand zwischen ihre Beine und massierte ihren bereits sensiblen Kitzler und streichelte sie in einen sanften Orgasmus. Sie nahm seine Eier in ihre Hand und streichelte mit ihrem Daumen über sie, bis sein Schwanz wieder steif wurde. Sie lächelte zu ihm auf. „Atti?"

„Ja, meine Hübsche?"

„Können wir ... ich meine, ich habe über verschiedene, hm ..." Sie spürte, wie ihr Gesicht heiß wurde und rot anlief. „Dinge. *Sex*dinge ... nachgedacht."

Attico grinste, und sie sah ihn finster an. „Mach dich nicht lustig, mir sind diese Sachen noch neu."

„Tut mir leid. Baby, wir können alles ausprobieren, wenn du bereit dafür bist. Was schwebt dir denn vor?"

Als Antwort lächelte sie ihn schüchtern an und rollte sich auf den Bauch, öffnete ihre Beine ein wenig. Attico grinste. „Mein Vergnügen, Kleines."

Er legte sich auf sie und drückte seine Lippen auf ihren Nacken und ging dann ihre Wirbelsäule entlang. Temple zitterte vor Lust, während er ihren Rücken küsste. „Entspann dich einfach, Baby", sagte er, während er ihre Beine weiter auseinanderschob und sanft in ihren Arsch drang. Temple keuchte ob des scharfen Schmerzes, aber als er dann anfing, sich zu bewegen, entspannte sie sich. Er brachte sie zum Seufzen und Stöhnen und rollte sie dann sanft auf ihren Rücken. „Okay?"

„Mehr als okay." Temple holte Luft. „Ich hätte nie gedacht, dass ich mal so etwas machen würde. Ich weiß, dass ich auf dich einen überbeschützten Eindruck hinterlassen muss."

„Ich muss sagen, dass es mich überrascht hat, dass du noch Jungfrau warst. Schau dich an ... du bist atemberaubend."

Sie grinste und genierte sich wegen des Kompliments, schüttelte aber den Kopf. „Das hat aber nicht wirklich etwas damit zu tun, oder nicht? Die Wahrheit ist die, dass es das Letzte war, über das ich noch die Kontrolle hatte. Meine Familie war weg, ich war der Akademie für mein Essen, meine Unterkunft, mein Studium, selbst meine Karriere verpflichtet. Nichts war mir überlassen. Erst dieses Jahr habe ich mir endlich meine eigene Wohnung leisten können, Atti."

Attico nickte, seine Augen waren ernst. „Ich verstehe."

„Meine Jungfräulichkeit also zu bewahren, egal wie altmodisch dieses Konzept auch sein mochte, war meine Art und Weise zu sagen, dass ich *mir* gehöre. Ich entscheide. Und ich habe mich für dich entschieden, Attico Fibonacci. Ich denke, dass ich dich schon geliebt habe, als ich dich das erste Mal sah. Ich weiß, dass es so war."

Sie sah Tränen in seinen Augen aufblitzen, und die Tiefe der Emotionen in ihnen war intensiv. „Ich liebe dich, Temple Dubois, und ich fühle mich so geehrt, dass du in meinem Leben bist, dass du Ja sagst, meine Frau zu werden. Ich schwöre, ich werde dich immer, wirklich immer beschützen."

JETZT, da Temple spürte, wie sich Angst und Hoffnungslosigkeit in ihren Kopf schlichen, hatte sie Probleme, sich an seinem Versprechen festzuhalten. „Attico ... wo bist du?"

Sie erstarrte, als sie hörte, wie sich eine Tür öffnete und ein frischer Luftzug über ihre heiße Haut wehte. Jemand war da und hob sie hoch, hielt ihr ein kühles Glas Wasser an ihre Lippen. Sie trank dankbar.

„Was hast du ihr gegeben?"

Temple versuchte, nicht nach Luft zu schnappen. Es waren zwei und als der andere Mann, der sie hochhielt, sprach, spürte sie, wie ihr Herz aussetzte. Natürlich war *er* es ...

„Heroin. Das kleine Fräulein Gutmensch hat es verdient, hat einen Dämpfer verdient. Und das hält sie ruhig." Brett Forrester. *Natürlich ...*

Der andere Mann, dessen Stimme sie nicht erkannte, seufzte. „Er hat uns gesagt, dass wir sie ruhig halten sollen und nicht zu einem Junkie machen sollen."

„Das ist doch egal! Sie wird sowieso bald tot sein."

Temple wusste, dass sie bei seinen Worten Angst und Schock spüren sollte, aber stattdessen spürte sie nur Resignation. Sie würden sie umbringen, und sie würde nie den Grund dafür erfahren. Und wer war der mysteriöse andere Mann, von dem sie sprachen? Ihr Boss?

„Genau. Also wollen wir ihr keine Überdosis geben, bevor wir die Möglichkeit haben, ihr einen Dolch in den Bauch zu rammen, oder nicht? Verdammt noch mal, Forrester."

„Keine Namen", blaffte Brett, und Temple lachte unwillkürlich leise auf.

„Ich kenne deine Stimme, Brett, du Schwachkopf."

Sie hörte den anderen Mann in der Sekunde danach lachen, bevor Brett sie hart genug schlug, dass ihre Ohren klingelten. „Verletz' sie
nicht."

Sie spürte, wie Brett auf seine Füße gezogen wurde. Jemand anderes setzte sich neben sie. „Hol was zu essen für sie." Sie hörte, wie Brett den Raum verließ.

Sie zuckte zusammen, als der Mann ihren Kopf berührte. „Wenn ich diese Augenbinde entferne, dann siehst du mein Gesicht. Du wirst mich nicht kennen, schönes Mädchen, also glaube ja nicht, dass das irgendetwas bedeutet. Ich werde deine Hände losmachen, versuche aber nichts. Du wirst tot sein, bevor du überhaupt darüber nachdenkst."

Temple fing an zu zittern, als er ihr die Augenbinde abnahm und spürte dann, wie die Fesseln an ihren Handgelenken gelöst wurden. Ihre Schultern brannten. Sie blinzelte in das plötzliche Licht. Sie waren in einem Kellerraum, sie hatte aber keine Ahnung, wo sie war. Es roch alt und feucht, und sie konnte überall Schmutz und Spinnennetze sehen.

Der Mann, der bei ihr war, beobachtete sie. Sie schätzte, dass er in seinen späten Vierzigern war, was Sinn machen würde, wenn er mit Brett befreundet oder bekannt war. Sein dunkles Haar war von Silber durchzogen; er hatte einen leichten skandinavischen Akzent. Seine braunen Augen waren wachsam, sein Mund breit und sinnlich. Temple merkte, dass sie ihn auch anstarrte. „War sie ... das Mädchen damals ... war sie ..."

„Nein. Ich kannte sie nicht persönlich. Ich wurde nur gebeten, sie zu töten." Er lächelte. „Was ich dann auch tat."

Temple fühlte sich schwach. „Luc?"

„War schlicht und ergreifend zur falschen Zeit am falschen Ort."

Temple drehte sich um und übergab sich auf den Boden. Der Mann, der Killer, rieb ihr fast mitfühlend den Rücken. Temple spürte sowohl ein erdrückendes Gewicht als auch eine überwältigende Erleichterung. Gewicht, weil sie sterben und Attico nie wieder sehen würde; Erleichterung, dass ihr geliebter Luc kein Killer war. „Aber warum? Warum werden Sie mich töten? Warum Luc, Olivia ... warum haben Sie versucht, Lucinda zu töten?"

„Ich wurde angeheuert, um dich zu quälen, hübsches Mädchen, dir Angst zu machen, damit du in die Arme deines Milliardärs läufst. Falls es irgendein Trost ist ... es hat nichts mit dir zu tun."

Temple lächelte sarkastisch. „Das ist es nicht, Arschloch."

Er gluckste. „Was für eine Verschwendung es doch sein wird, wenn du stirbst, Miss Dubois. Du bist wirklich eine exquisite Frau."

„Fick dich. Und es ist Mrs. Fibonacci."

Er lächelte eisig. „Nun, Mrs. Fibonacci, ich nehme an, Sie müssen ein Badezimmer aufsuchen?" Er nickte zu einer kleinen Tür, die ihr vorher gar nicht aufgefallen war. „Da rein. Es gibt kein Fenster, denk also gar nicht erst daran, weglaufen zu wollen. Es gibt eine Toilette, eine Dusche. Wir bringen dir Essen und Wasser."

„Bis es an der Zeit ist, mich zu töten?"

Er lächelte. „Bis es an der Zeit ist, dich zu töten."

„Sie haben mir immer noch nicht gesagt warum."

Er lachte. „Nur mein Arbeitgeber weiß den Grund, Mrs. Fibonacci. Ich habe einfach nur das Vergnügen, seine Wünsche auszuführen." Sein Blick fiel auf ihre Brüste und dann auf ihren ganzen Körper. „Ich werde es genießen, schönes Mädchen, aber ja. Was für eine Verschwendung."

Und weg war er.

19

KAPITEL NEUNZEHN

Attico lehnte seinen Kopf gegen das kühle Glas des Fensters. Nichts. Keine Neuigkeiten. Temple war einfach verschwunden. Er war zu ihrer alten Wohnung gefahren, eine, die sie aus irgendeinem Grund immer noch gemietet hatte, und jetzt saß er zwischen Kisten mit ihren Sachen, die sie noch nicht weggebracht hatte. Sie hatten noch nicht entschieden, wo sie leben wollten, als Attico nach Genf gezogen war, aber auch wenn sie so klein war, konnte er sich vorstellen, hier zu bleiben. Es war ihre Wohnung, die Wohnung, die sie ausgesucht hatte, um dort zu leben, und besonders jetzt schien es ihm so wichtig, ihre Entscheidung in Ehren zu halten.

Er seufzte. „Wo bist du, Baby?"

Die Polizei hatte keine Hinweise und selbst sein eigenes Team, das so finanziell unabhängig und groß war, konnte nichts finden. Tony arbeitete rund um die Uhr, Gefallen einzufordern, Kontakte zu erreichen, aber Temple war einfach nirgends zu finden.

Attico fühlte sich nutzlos. Er hatte alles Geld der Welt, aber nichts würde sie zurückbringen. Wer auch immer sie hatte ...

Sie werden sie töten, das weiß ich ... Er erschrak, als jemand gegen die Tür der Wohnung hämmerte, und er stand auf, um aufzumachen. Tony übergab ihm eine Tüte mit Fast Food und eine Flasche Wasser. Attico folgte ihm in die Küche. Tony zog seine Jacke aus und setzte sich. „Atti, iss. Trink. Du siehst fertig aus."

„Irgendwelche Neuigkeiten? Irgendwas?"

Tony schüttelte den Kopf. „Nichts, Bruder, tut mir leid. Aber wir geben nicht auf, das verspreche ich dir."

Attico schob seinen Stuhl zurück und stand auf. „Wie? Wie kann heutzutage eine Frau einfach verschwinden und ..."

Ihm wurde bewusst, dass er eine Schimpfkanonade losließ und hielt inne. „Tony ... glaubst du, dass sie schon tot ist?"

„Nein. Nein, Atti, das glaube ich nicht. Temple ist stärker, als du denkst."

„Aber ... warum?"

„Das Einzige, was ich mir vorstellen kann, ist, dass es etwas mit Luc zu tun hat. Das Mädchen, das gestorben ist – jemand arbeitet für mich daran, herauszufinden, wer sie war. Ja, ihre Familie hat es unter den Teppich gekehrt, aber wir haben genug Geld, um jeden wenn nötig bestechen zu können. Mach dir keine Sorgen."

„Legal?"

Tony lächelte leicht. „Willst du das wirklich wissen?"

„Nicht wirklich. Gott, Tony ... sie ist doch noch ein Kind."

„Sie ist eine Frau, Atti, deine Frau. Ich sage dir, wer immer sie hat, sie wird versuchen, einen Weg zurück zu dir zu finden."

Tony hatte Recht. Eine Stunde, nachdem sie herausgefunden hatte, dass sie Zugang zu einem Badezimmer hatte, war Temple durch jede mögliche Fluchtoption gegangen. Alles, das sie als Waffe benutzen konnte. Eine lose Fliese. Ein Fenster.

Und fand nichts.

Sie hatte jetzt herausgefunden, dass sie tief unter der Erde war ... aber tief unter der Erde wo? Sie benutzte all ihre Sinne, atmete sogar tief ein, um zu sehen, ob sie irgendeinen Geruch erkannte. Aber ihr fiel nichts auf, und jetzt hatte sie sich wieder auf ihr kleine, unbequeme Lagerstätte sinken lassen. *Gib die Hoffnung nicht auf,* sagte sie sich immer wieder, aber es war schwer, keine Verzweiflung zu spüren. Sie sollte aus einem Grund ermordet werden, den sie nicht kannte, und das war das schlimmste Gefühl. Luc hatte das Mädchen nicht getötet, also hatte es nichts mit Rache zu tun, und sie bemerkte jetzt, dass sie ihr ganzes Leben damit gerechnet hatte, dass jemand kam und sie holte, um die Dinge für die Familie des Mädchens richtigzustellen. Vielleicht war das noch ein Grund, warum sie zu niemandem vor Attico eine Nähe aufbauen konnte, um die, die sie liebte, vor Gefahr zu schützen. Dabei hatte sie versagt. Luc, Olivia, Lucinda.

Und all das, seitdem sie mit Attico zusammen war, was ihr etwas sagte. Attico war das wahre Ziel, das musste er sein. Bei dem Gedanken, dass ihm irgendetwas zustoßen könnte, wollte sie schreien. Also tat sie es, sie schrie, bis ihr der Hals wehtat, solange sie konnte, bevor sie total erschöpft zu Boden sank.

Ein paar Minuten später stürmte Brett Forrester durch die Tür. „Halt dein verdammtes Maul, Schlampe." Er schlug ihr dann brutal ins Gesicht und als sie zu Boden fiel, fing er an, sie hart zu treten. Sein Stiefel traf immer und immer wieder ihren Magen.

Temple ertrug die Schläge immer wieder und war froh, dass es passierte, denn hinter Brett war die Tür offen und das sagte ihr alles. Vor ihrem kleinen Gefängnis sah sie den Gang und die Steinmauern ihres Zuhauses, seit sie acht Jahre alt war.

Sie war in den Katakomben unter der Akademie. Es gab natürlich Gerüchte darüber, aber niemand hatte je herausgefunden, wo sie waren. Nur dass es offensichtlich jemanden gab.

Temple wusste dann, was ihr Plan war. Sie würde, wie das Mädchen, an denselben Laternenmast gebunden werden und genauso getötet werden, mit einem Messer, das tief in ihren Bauch gerammt würde. Als Brett sie hochzog und sie auf die Lagerstätte warf, fand Temple ihre Stimme wieder. Wenn sie schon sterben sollte, war es dann nicht egal, ob sie es später oder jetzt tat?

Sie schrie sich die Lunge aus dem Leib und hoffte, dass sie jemand irgendwo hören würde, aber dann lieferte Brett den Gnadenstoß, einen brutalen Schlag auf den Kopf, und sie fiel wie betäubt zu Boden.

„Verdammte Schlampe." Brett kramte in seiner Tasche und zog eine Spritze heraus. Er steckte sie in ihren Arm und Temple spürte sofort die Opiate durch ihr System strömen. Sie fühlte sich schlapp und nicht in der Lage, einen klaren Gedanken zu fassen oder ihren Verstand zu gebrauchen.

Dunkelheit machte sich breit, aber erst, nachdem sie eine andere, ihr vertraute Stimme hörte. „Was zum Teufel hast du ihr angetan?"

„Ich hab ihr nur etwas gegeben, damit sie das Maul hält."

„Sie sieht furchtbar aus ... du hast sie geschlagen, Arschloch."

„Sie hat geschrien."

„Du Volldepp."

In ihrem verwirrten Zustand spürte Temple eine Hand auf ihrem Gesicht, eine sanfte Hand, fast schon zärtlich. „Es ist okay, Tem, es wird schon bald vorbei sein."

Diese Stimme ... so vertraut, so freundlich ... wer?

Sie ergab sich der Dunkelheit, die sie überwältigte.

KAPITEL ZWANZIG

Es war fast Mitternacht, als Tony zu Attico kam. „Atti, wir haben vielleicht etwas."

Attico spürte, wie sein Herz aussetzte, als er den Gesichtsausdruck seines Bruders sah. „Was ist es?"

„Es könnte nichts sein, aber Brett Forrester wurde gesehen, wie er die Akademie betrat. Dekan Corke hat endlich seinen Zugang widerrufen, aber irgendjemand lässt ihn rein ... und wir alle wissen, dass er eine Vorgeschichte bezüglich seiner Misshandlung von Tem hat. Es ist fadenscheinig, aber es ist ein Hinweis."

Als er aufgehört hatte zu sprechen, piepste Atticos Handy. Er öffnete die Nachricht und aus seinem Gesicht wich alle Farbe. „Oh Gott, nein ... Tony ..."

Er zeigte seinem Bruder die Nachricht. Die Tarotkarte, die ihn seit Temples Entführung verfolgt hatte. Das Mädchen, das an einen Scheiterhaufen gebunden war, ein Schwert in ihr, Blut, das über ihr Kleid strömte. „Tony ..."

Er war schon aus der Tür, bevor sein Bruder überhaupt reagieren konnte.

. . .

Temple spürte, dass sie getragen wurde. In ihrem Kopf drehte sich immer noch alles; sie hatten ihr noch mehr Drogen gegeben, genug, um sie gefügig, aber nicht genug, um sie bewusstlos zu machen. Nicht genug, um den Schmerz zu betäuben. Sie wurde jetzt von dem Mörder getragen, während Brett ihm folgte, seine Laune war erheblich besser, weil er wusste, und Temple wusste es auch, dass sie sie zu dem Ort des Mordes bringen würden. Ihr Mund war jetzt zugeklebt, und ihre Hände waren hinter ihrem Rücken gefesselt. Sie fragte sich, wie sehr es wehtun würde, wie lange es dauern würde, bis sie sterben würde. Sie fühlte sich seltsamerweise emotionslos, was das anbelangte.

Niemand kam. Da war niemand, der sie retten würde.

Attico fuhr sie in Höchstgeschwindigkeit zur Akademie. Tony saß neben ihm und sprach mit der Polizei. Als er das Telefonat beendete, sah er Attico an.

„Atti, sie sind auf dem Weg zur Akademie. Sie haben Dekan Corke benachrichtigt, und sein Sicherheitsteam hält nach Forrester Ausschau."

Aber als sie die Akademie erreichten, war das ganze Gebäude wie leergefegt. „Was zum Teufel?" Tony schritt durch den Korridor zu Dekan Corkes Büro, und Attico war direkt hinter ihm und fast schon rasend. Er spürte es in seinen Knochen – Temple war in der Nähe, ganz in der Nähe.

Er lief fast in Tony hinein, als sein Bruder plötzlich stehenblieb. „Oh Gott ..."

Dekan Corke lag vornübergebeugt über seinem Schreibtisch, seine Augen leer und starr, sein weißes Haar von der Wunde auf seinem Kopf blutdurchtränkt. Attico spürte, wie sein Herz aussetzte. „Oh mein Gott." Er ging zu dem alten Mann hinüber und drückte seine Finger an seinen Hals. Nichts. „Er ist tot."

Tony, der aussah, als müsste er sich übergeben, atmete zitternd aus. „Wenn ich mir die Wunde ansehe, muss er sofort tot gewesen sein."

Attico schüttelte den Kopf. Sein Blick wurde von etwas auf dem Schreibtisch gefangen, was in Blut geschrieben war. „Nein, er ist nicht sofort gestorben. Er versuchte, uns etwas zu sagen."

„Was?"

Attico zeigte auf den Schreibtisch, und Tony ging näher heran. In Blut, ein Wort.

Dach.

TEMPLE SPÜRTE, wie sie gegen den Laternenmast lehnte und mit langen Kunststofffesseln daran festgebunden wurde. Ihre Füße und Hände waren gefesselt, und ihre Entführer banden ein Seil unter ihren Brüsten um sie, damit sie aufrecht blieb. Brett schien das ganz besonders zu genießen und benutzte es als Ausrede, sie anzufassen. Er ließ seine Hände schnell fallen, als der Mörder mit einem Reifenmontierhebel darauf schlug. Brett schrie vor Schmerzen auf, und ein Arm war höchstwahrscheinlich gebrochen. „Was zur Hölle, Mann?"

„Fass sie nicht nochmal an", sagte der Mann zu Brett, und seine Stimme war wie Eis. „Darum geht es hier nicht. Du behandelst sie mit Respekt."

Er sah Temple an, als er ihre Fesseln festzog. „Das mit ihm tut mir leid. Ich lasse es nicht zu, dass man dich mit solch einer Respektlosigkeit behandelt."

Temple, deren Mund zugeklebt war, warf ihm einen vernichtenden Blick zu und hoffte, er würde ihre Verachtung verstehen. Er war gerade dabei, sie zu töten, und er sprach von Respektlosigkeit?

Ihr angehender Killer lächelte. „Du glaubst mir nicht?"

Neben ihm fluchte Brett immer noch, beugte sich vor und hielt seinen gebrochen Arm und machte sich über ihn lustig. „Hör auf, ihr zu schmeicheln und erstich sie um Himmels willen. Gib dir Mühe – du musst schon beim ersten Mal ihre Arterie treffen. Er will nur eine Stichwunde in ihr haben."

Der Mörder lächelte Temple an und holte dann blitzschnell mit seinem Messer aus. Brett starrte ihn ungläubig an, als die Spitze des Messers durch seine Halsvene schnitt. Für eine Sekunde stoppte die Zeit, dann strömte Blut aus Bretts Hals, und er fiel zu Boden und krampfte auf dem Boden, während er ausblutete. Der Mörder wischte die Klinge ruhig an Bretts Kleidung ab und widmete wieder Temple all seine Aufmerksamkeit.

Temple spürte, wie sich eine seltsame Ruhe in ihr ausbreitete. Es war an der Zeit.

Attico trieb Tony zum Dach und als er durch die Feuertür stürmte, blieb er abrupt stehen. Das war der Ort, von dem Luc Monfils gesprungen war. Und jetzt war hier niemand sonst. Nicht nur das Dach; laut Tony sollte dieser Ort von ihren Sicherheitsteams, den Leuten der Akademie, der Polizei überfüllt sein ... wo zur Hölle waren sie?

Er suchte jetzt nach seinem Bruder und sah ihn gegenüber auf dem Dach stehen und herunterstarren. Tony drehte sich um, als er näherkam, sein Gesicht war eine Maske des Entsetzens. „Atti ... schau mal ..."

Attico starrte dorthin, wo er hinzeigte. In einem Lichtkreis mitten auf dem Kolleghof war Temple an einen Laternenmast gebunden. Atticos Herz setzte aus, als der Mann, der bei ihr war, zu Attico hinauf sah, lächelte ... und ruhig ein Messer tief in Temples Bauch tauchte.

„*Nein!*" Atticos Herz versagte, als er sah, wie Temples Kopf zurücksank und sich Todesqualen auf ihrem schönen Gesicht zeigten und Blut den Stoff ihres Kleides durchtränkte. Ihr Killer ließ das Messer in ihrem Körper stecken, entfernte das Klebeband von ihrem Mund, küsste sie sanft und ging dann ruhig hinaus in die Nacht. Attico stürmte zurück zur Feuertreppe, und sie war versperrt. „Scheiße, nein ..."

Hinter ihm zog Tony sein Handy heraus und wählte. „Chief Renard, bitte beeilen Sie sich, die Akademie ..." Er klang so panisch, wie sich Attico fühlte, während Attico alles versuchte, die Tür zu öffnen und verzweifelt zu seiner sterbenden Frau zu gelangen. „*Renard, bitte, bitte ...*"

Attico hörte Tony plötzlich schluchzen. „*Renard ... mein Bruder hat gerade Temple Dubois ermordet ... er hat sie umgebracht, und jetzt droht er, vom Dach zu springen ...*"

Ihm schoss der Schrecken in die Glieder, und Attico wirbelte herum, während Tony in sein Handy schrie. „*Atti! Nein!*"

Tony warf lässig sein Handy über seine Schulter über die Seite der Akademie und grinste seinen fassungslosen jüngeren Bruder an. „Überraschung", sagte er und zuckte nonchalant mit den Achseln. „Damit hast du wohl nicht gerechnet, was?"

Und er holte nach seinem Bruder aus.

TEMPLE sog so viel Sauerstoff in ihren Körper, wie sie nur konnte. *Bleib ruhig, verlangsame deinen Herzschlag, verlangsame den Blutfluss.* Aber sie fühlte sich bereits schwindelig und übel. Sie lag im Sterben. Weiteratmen. Sie schmeckte Blut in ihrem Mund.

Denk an etwas, irgendetwas anderes, als das Messer in deinem Bauch. Der Schmerz war außergewöhnlich, aber sie zwang sich, an etwas anderes zu denken. Wenn sie schon sterben musste, dann wollte sie, dass ihr letzter Gedanke Attico war. Seine wunderschönen grünen Augen, wie sie tief in ihre blickten, sanft vor Liebe. „*Ti amo*", hatte er immer wieder zu ihr gesagt. „Ich liebe dich, ich liebe dich."

„Ich liebe dich, Atti", flüsterte Temple jetzt. „Es tut mir leid, dass ich dich verlassen habe, mein Geliebter."

Sie hatte gedacht, dass sie seine Stimme gehört hätte, seinen Entsetzensschrei, als sie niedergestochen wurde, aber jetzt konnte sie sich nicht mehr sicher sein, ob sie sich das nur eingebildet hatte. Die Drogen, die sie ihr verabreicht hatten, sorgten dafür, dass sie sich allem unsicher war, außer der Tatsache, dass sie im Sterben lag.

Sie stöhnte leicht vor Schmerzen. So wie sie angebunden war, konnte sie sich nicht mal von ihrer stehenden Position bewegen. Sie war zur Schau gestellt, voller Blut, sterbend. Diese Grausamkeit überwältigte sie, und sie ließ zu, dass eine Träne über ihre Wange lief. *Nein. Gib ihnen nicht diese Genugtuung.* Brett. Sein Körper, der jetzt auf dem Gras vor ihr lag.

Ihr Mörder, der sie so zärtlich geküsst hatte und dann in die Nacht verschwunden war.

Temple nahm einen zittrigen Atemzug. Und der Mann, der all das arrangiert hatte. Sie hatte schließlich genug ihrer Geisteskräfte gesammelt, um die vertraute Stimme, die sie in ihrem Gefängnis vernommen hatte, zu identifizieren, und es brach ihr das Herz.

Tony Fibonacci.

Sie hatte Recht behalten; es hatte sich *tatsächlich* die ganze Zeit nur um Attico gedreht. Sie würde jetzt nie den Grund dafür erfahren, aber wenigstens würde sie sterben und wissen, wer es war. Tony. Er hatte Luc und Olivia getötet und hatte versucht, Lucinda zu töten. Und wofür das alles?

Temple spürte, wie sie eine Welle der Benommenheit überkam, die nicht nachgab, und als sie sich dann bemühte, bei

Bewusstsein zu bleiben, hörte sie wieder seine Stimme, dieses Mal war es ein Flüstern in ihrem Ohr, und sie wusste, dass sie es sich einbildete, aber es war ihr egal. „Baby, bleib bei mir, bleib bei mir ... kämpfe, Temple, kämpfe ..."

Aber die Dunkelheit übermannte sie.

KAPITEL EINUNDZWANZIG

Attico kämpfte mit seinem älteren Bruder, als Tony versuchte, ihn vom Dach zu stoßen. „Was zum Teufel tust du da?"

„Was ich schon vor langer Zeit hätte tun sollen, Atti." Tony schlug Attico und traf ihn an der Schläfe, und Attico fiel benommen auf das Dach. Tony sah für einen Moment zu und atmete schwer. „Die Geschichte wird so sein. Du warst so voller Schuld wegen Luc Monfils, dass du sein Leiden beendet hast. Du hast seine Schwester geheiratet mit allen guten Absichten und hattest gehofft, dass du es wiedergutmachen könntest, dass sie ein Leben ohne Familie hatte. Du hast dich so sehr in sie verliebt, dass es für dich zur Obsession wurde und du das geplant hast. Sie und dann dich zu töten, so dass ihr für immer zusammen sein könnt."

Attico starrte seinen älteren Bruder an. Tony klang so ... *wahnsinnig*. „Warum? Warum all das, Tony? Ich verstehe es nicht. Warum?"

Tony schmunzelte. „Oh, armer, armer Atti. So gepeinigt. So schön, aber dein ganzes Leben so von Schuld gepeinigt. Alles drehte sich immer um dich, nicht wahr? Die ganze verdammte Zeit."

Attico, der sich auf die Füße rappelte, wollte unbedingt zu seiner verwundeten Frau gelangen und öffnete seine Hände. „Was auch immer es ist, du kannst es haben. Mein Unternehmen, mein Geld ... ist es das?"

„Das ist mir scheißegal."

„Warum dann?"

Tony lächelte. „Weil du früher oder später herausfinden würdest, wer ich wirklich bin. Das Mädchen, Bettina war übrigens ihr Name. Ich hab sie gefickt, und sie war dumm genug, sich schwängern zu lassen. Die Organisation scharte sich um mich und sagte mir, dass sie versuchte, mich in die Falle zu locken. Wir mussten sie töten. Sie musste sterben, damit die anderen sehen konnten, dass die Winterblut-Organisation mehr bedeutete, als einfach nur ein paar kitschige Karten. Wir sind überall auf der Welt, Atti. Eine Organisation der Meister. Wir führen alles. Banken, Unternehmen, selbst Länder. Winterblut ist überall."

Er ging auf seinen Bruder zu. „Aber sie fordern Opfer, Atti. Sie haben das Problem für mich gelöst und jetzt fordern sie eine Rückzahlung. Sie brauchten den Beweis von mir, dass ich ihnen gegenüber noch loyal bin. *Du* bist mein Beweis."

Attico konnte die Scheiße, die aus dem Mund seines Bruders kam, nicht glauben. „Du bist geistesgestört. Warum habe ich das nicht erkannt?"

„Weil du so verdammt ichbezogen bist, deshalb! Es ging immer nur um den armen Attico, den schönen Attico, der sich nie bewähren musste."

Attico holte aus und war es leid, Tonys erbärmliche Ausreden für den Schaden, den er angerichtet hatte, anzuhören, und er brüllte vor Wut, Panik und Trauer. Tony ging auf ihn los, und sie kämpften. Für einen Augenblick schien es, als ob Tony die Oberhand hätte, dann als es Attico gelang, seinen Fuß direkt auf Tonys Magen zu platzieren, hievte er seinen Bruder hoch und über die Kante des Gebäudes. Er hörte Tonys Schrei und dann sein Flehen. Attico blickte über die Kante auf Tony, der sich mit seinen Fingerspitzen an der Kante festhielt. Unter ihm war ein Steinsims, und Attico konnte Tonys weggeworfenes Handy sehen. Der Bildschirm war erleuchtet – war der Anruf, den er bei Renard tätigte, noch verbunden? Oder rief jemand anderes an?

„Atti ... es tut mir leid ... bitte."

Attico sah, wie Tonys Halt nachließ. Er konnte heruntergreifen, ihn packen, hochziehen und ihn der Polizei überlassen, aber dann sah er vor seinem inneren Auge das Bild von Temple, wie sie niedergestochen wurde, ihr hübsches Gesicht schmerzverzerrt und sie blutüberströmt, und sein Herz wurde hart.

„Fick dich."

Tony schrie, als sich seine Hände lösten, und er fiel hinunter auf den Asphalt. Attico zuckte bei dem nassen Knirschen zusammen, als der Körper seines Bruders auf dem Boden aufschlug, dann rannte er schon und hämmerte an die verschlossene Tür des Treppenhauses zum Dach und hoffte verzweifelt, dass ihn jemand, irgendwer hören konnte. Er konnte in der Ferne Sirenen hören und hämmerte noch heftiger.

Es schien eine Ewigkeit zu dauern, bis endlich Chief Renard und seine Männer durch die Tür stürmten. Attico schob sich an ihnen vorbei und schrie hinter sich, „Renard, der Kolleghof ... Temple stirbt."

Er war überrascht, als Renard ihn begleitete, anstatt ihn sofort zu packen und zu verhaften. Während sie hinunter zum Hof liefen, fragte er Renard, warum er ihn nicht verhaftete.

„Das erkläre ich später, Fibonacci."

„Sie haben Temple niedergestochen." Attico hatte das

Gefühl, dass seine Lungen platzen würden. „Sie haben versucht, sie zu töten ..."

Als sie in den Hof liefen, sah er, dass die Polizei schon bei ihr war und sie ihre Fesseln lösten. Sie legten sie auf den Boden, als Attico ankam und sie beiseiteschob und sie in seine Arme nahm.

„Sie lebt", sagte ein junger Polizist, dessen Gesicht blass und krank aussah.

„Fassen Sie das Messer nicht an. Es könnte sein, dass sie deshalb nicht ausblutet", sagt Renard und hockte sich neben sie. „Holen Sie die Sanitäter."

„Sie kommen gerade."

Attico hörte sie kaum. Er starrte hinunter auf das blasse, ruhige Gesicht. „Baby, bitte ... kämpfe, Temple, atme, lebe ... ich liebe dich so sehr."

Er hörte ein leises Stöhnen und sein Herz setzte aus, als sie ihre Augen öffnete. „Attico ..." Kaum ein Flüstern, aber ihre Augen drehten sich und blickten ihn dann an. Sie lächelte ihn schläfrig an. „Gott, du bist schön ... ich liebe dich ..."

Tränen liefen über Atticos Gesicht. „Versprich mir, dass du leben wirst, Temple. Versprich es mir ..."

Aber sie schloss ihre Augen, und sie war wieder bewusstlos. Renard drängte Attico, sie den Sanitätern zu überlassen, die angekommen waren. Während Temple in den Krankenwagen geladen wurde, tippte jemand Attico auf die Schulter und er drehte sich herum.

Denny Fleet nickte ihm zu. „Attico ..."

„Was zum Teufel?"

„Das ist FBI-Agent Harry Grant, Attico." Renard stand neben ihm. „Sie fragten mich, warum ich wusste, dass Tony gelogen hatte. Agent Grant ist der Grund."

Attico, fast außer sich vor Trauer, nickte kaum merklich, und der FBI-Agent nickte. „Wir unterhalten uns im Krankenhaus weiter, Mr. Fibonacci. Gehen Sie erst mal, seien Sie bei ihrer wundervollen Frau ... und viel Glück."

ATTICO STARRTE aus dem Fenster des Krankenzimmers und blickte über Genf. Neben ihm im Bett schlief Temple. Sie hatten eine Notoperation durchgeführt und es geschafft, den Schaden, den das Messer bei ihr verursacht hatte, zu reparieren. Die Klinge hatte ihre Bauchschlagader um Millimeter verfehlt und als sie aus dem OP-Saal kam, sagte der Chirurg zu Attico, dass seine geliebte Frau in Ordnung kommen würde.

Warum also freute er sich nicht?

Weil das alles komplett deine Schuld ist.

Tonys hirnrissige Gründe für all das ... würde er niemals verstehen. Sein Vater war nach Genf geflogen, um Tonys Leiche zu identifizieren, hatte sich Atticos Erklärung zu den Geschehnissen angehört, war aber durch den Horror der Geschehens völlig am Boden. Attico wusste, dass sein Vater dieselbe Schuld wie er empfand. Sebastiano schien kleiner als er und vor Trauer zusammengesunken. Attico sah, wie Sebastiano Temples Hand hielt, während sie von der Narkose schlief, und wusste irgendwie, dass sie der Schlüssel zur Bewältigung des Schadens in ihrer Familie war.

Denny Fleet – oder eher, FBI-Agent Grant – hatte erklärt, wer er wirklich war. „Der Bruder von Bettina Lascelles kam zu uns. Seine Eltern hatten ihren Mord totgeschwiegen, sie waren aber gestorben, und ihr Bruder wollte für seine Schwester Gerechtigkeit. Niemand außer mir wollte den Fall. Also wurde mir widerstrebend erlaubt, den Fall zu bearbeiten. Meine Ermittlungen führten zu Ihrer Familie, Mr. Fibonacci, und zuerst war ich davon überzeugt, dass Sie der Mörder waren, besonders dann, als Sie Luc Monfils' Schwester geheiratet haben." Er lächelte Attico an. „Mr. Fibonacci, auf Ihrer Hochzeit, zu der ich zugegebenermaßen nicht eingeladen war, wusste ich, dass ich falsch lag. Niemand konnte die Liebe zwischen Ihnen beiden vortäuschen. Das war der Augenblick, als sich meine Aufmerksamkeit auf ihren Bruder verlagert hatte."

Er seufzte dann. „Mein fataler Fehler war, dass ich gezögert habe, und Ihre wundervolle Frau und auch beinahe Sie den Preis dafür bezahlt haben. Dafür möchte ich mich entschuldigen."

Attico schüttelte den Kopf. „Es war ... es war Tony. Er war geistesgestört, und niemand von uns hatte das erkannt. Alles musste unter seiner Kontrolle sein. Es könnte Jahre dauern, bis wir herausfinden, warum er ..." Er hielt abrupt inne, nicht in der Lage, seinen Satz zu Ende zu sprechen. „Er war sich selbst der Nächste. Er wusste, er würde mit Mord nicht davonkommen, deshalb hat er versucht, es zu vertuschen und es mir anzuhängen. Ich schätze, Blut ist nicht dicker als Wasser."

„ATTI?"

Er drehte sich vom Fenster weg und sah ausgerechnet Lucinda an der Tür stehen. „Lu?"

Seine Schultern sackten zusammen, und Lucinda kam in das Zimmer und umarmte ihn. „Atti, es tut mir so leid."

„Lu, was machst du hier?"

Sie lächelte ihn an und rieb seine Arme, als würde sie irgendwie wissen, dass ihm kalt war. „Ich musste kommen. Pierre ist mitgekommen. Sie blickte zu Temple. „Wie geht es ihr?"

„Die Ärzte sagen, dass sie körperlich wieder auf dem Damm kommen wird. Die Arschlöcher, die sie entführt haben – Tonys Männer –" Attico schloss seine Augen, und Schmerz ätzte sich durch. „Sie haben ihr allerlei Drogen zugeführt. Einschließlich

Heroin. Es kann sein, dass sie sogar einen Entzug machen muss. Wie abgefuckt ist das? Nach allem, was sie durchgemacht hat."

Lucinda ging zu Temple hinüber und strich ihr das Haar aus dem Gesicht. Sie beugte sich hinunter und küsste der schlafenden Frau die Stirn. „Komm zurück zu uns, Kleines. Wir lieben dich."

Attico hatte das Gefühl, als ob sie all die Dinge sagte und tat, die er tun sollte – aber nicht länger das Recht dazu hatte. „Wie soll ich ihr je wieder in die Augen sehen?"

Lucinda sah ihn an. „Das ist nicht deine Schuld, Atti."

Er lachte leise auf. „Ich war nie gut genug für sie. Oder für dich. Oder für irgendwen."

„Hör auf damit, Attico, das hilft nicht. Wenn Temple aufwacht, dann wird sie dich brauchen."

Attico nickte steif, sagte aber nichts mehr. Er setzte sich neben Temples Bett und nahm ihre Hand und spürte, wie klein sie in seiner Hand war. Er hob sie an seine Lippen, küsste sie ... und fing an zu schluchzen.

Zwei Tage später öffnete Temple ihre Augen. Sie starrte für einen Moment auf die Decke, bevor sie sich im Zimmer umsah. Sie war überrascht, als sie Lucinda an ihrem Bett vorfand. Die blonde Frau sah erschöpft aus, ihre Augen waren gerötet, während sie aus dem Fenster blickte. „Lu?"

Lucinda drehte ihren Kopf und lächelte. „Oh, Liebling, du bist wieder da. Wie geht es dir?"

Temple überlegte einen Augenblick. „Okay. Wund." Sie schluckte. „Wo ist Attico?"

Sie sah, wie sich in Lucindas Gesicht eine Traurigkeit breitmachte und wusste Bescheid. „Er ist weg, nicht wahr?"

Lucinda nickte. „Er liebt dich, aber er denkt, dass all das

seine Schuld war. Ich habe versucht, ihm klarzumachen, dass du ihn gerne hier haben würdest ... oh Süße ..."

Tränen liefen über Temples Gesicht. „Ich hätte niemals nach Genf zurückkehren sollen. Ich wollte ihn nicht verlassen, Lucinda. Es war mein Fehler, und ich wusste es. Ich habe ihn davongejagt."

„Das hast du nicht. Die ganze Sache kam in Bewegung, bevor du überhaupt auf der Bildfläche erschienen warst. Tony war ein eifersüchtiges Arschloch –

„Tony ... Gott. Er war es, die ganze Zeit."

„Das wissen wir, Liebes."

Temple sah in Lucindas gerötete Augen. „Ist er im Gefängnis?"

„Nein, Liebling. Er ist tot. Er hatte versucht, Attico zu töten, wollte es so aussehen lassen, als hätte Attico dich ermordet und dann Selbstmord begangen. Das Problem war, dass Attico für Tony viel zu stark war. Tony ... fiel vom Dach, so wie er es für Attico vorgesehen hatte, genauso wie ..."

„Luc. Sie haben ihn umgebracht."

Lucinda nickte. „Ich weiß, Liebes."

„Ich verstehe nicht, warum Tony all das getan hat."

Lucinda seufzte. „Sie versuchen immer noch, all das zu entwirren."

„Der Mann, der mich niedergestochen hat ... ist er im Gefängnis?"

„Nein, Liebling, sie suchen ihn noch."

Temple seufzte und nickte. Lucinda drückte ihre Hand. „Hast du Durst? Ich hol dir frisches Wasser."

A<small>LLEIN SETZTE</small> sich Temple unter Schmerzen auf. Ihr Herz fühlte sich schwer und gebrochen an. Sie wollte Attico so gerne sehen, aber sie verstand, dass er weglaufen musste. Hatte sie das nicht auch bei ihm gemacht?

„Ich vermisse dich", flüsterte sie. Sie sah ihre Tasche auf dem Nachttisch mit ihren Sachen und öffnete sie. Der große braune Briefumschlag lag obendrauf. Darin befanden sich Papiere, die die Wohnungen in Genf und New York auf sie überschrieben, plus Einzelheiten eines Bankkontos auf ihren Namen mit fast einer Milliarde Dollar darauf. Temple fühlte sich taub an, als sie sie sich ansah. „Du hast gelogen", flüsterte sie ihm zu, aber sie wusste, dass er nur versuchte, Wiedergutmachung zu leisten. Ein weiterer Brief besagte, dass alle Arztrechnungen in der Vergangenheit, Gegenwart und Zukunft bezahlt würden.

Es war aber der handgeschriebene Brief, der all ihre Aufmerksamkeit bekam.

Mein Liebling Temple,

Ich liebe dich. Das ist das Wichtigste und Wahrheitsgemäßeste, was ich unter diesen Umständen sagen kann. Ich liebe dich mehr als irgendwen oder irgendetwas auf dieser Welt. Du bist meine Welt.

Aber ich habe es nicht länger verdient, in deiner zu sein, und ich weiß nicht, ob ich es überhaupt je verdient hatte. Es ist meine Schuld, dass du in diesem Krankenhausbett liegst, und dafür kann ich mir niemals verzeihen.

Du bist ohne mich besser dran. Deshalb bitte ich dich, meine Liebe, mich bitte loszulassen.

Eines Tages wirst du jemandem begegnen, der dich richtig lieben kann, ohne all diese Vorgeschichte, ohne all diesen Schmerz. Mittlerweile weißt du, dass ich derjenige war, der Luc bei der Polizei angezeigt hat. Ich habe seine Rolle am Tod des armen Mädchens missverstanden, und ich werde mir selbst nie verzeihen. Ich wollte derjenige sein, der dir eine echte Familie gibt – stattdessen war ich dafür verantwortlich, dass du fast dein Leben verloren hättest.

Das wird mich für immer verfolgen.

Es tut mir leid, dass ich unseren Ehevertrag ignoriere, Süße, aber ich muss dafür sorgen, dass es dir gutgeht. Ich wollte nie, dass wir uns trennen, niemals, aber jetzt weiß ich, dass es das Beste ist.

Mir tut alles so leid, mein Liebling, aber nicht, dass ich dich liebe. Du warst das Beste in meinem Leben – ich wusste nur nicht, dass ich das Schlimmste in deinem war.

Ich liebe dich, Temple Dubois.

Für immer,

Attico.

Temple las den Brief zweimal durch, ließ ihn dann auf ihren Schoß sinken ... und brach in Tränen aus.

KAPITEL ZWEIUNDZWANZIG

Sechs Monate später ...
Monte Lussari Dorf, Tarvisio, Italienische Alpen

ATTICO DANKTE der Frau hinter der Theke und ging hinaus auf die Straße. Das war jetzt seine Morgenroutine. Ein Spaziergang von seiner Berghütte ins Dorf, einen Espresso in einem kleinen Café, Brot und eine Zeitung aus dem Dorfladen holen. Das war tagsüber sein einziger Kontakt zu anderen Menschen, aber er hatte das Gefühl, dass er ohne ihn durchdrehen würde.

Sein attraktives Gesicht war jetzt von einem dichten Bart bedeckt, aber der hielt nicht die bewundernden Blicke der Touristinnen und auch Anwohnerinnen zurück. Dennoch bewahrte er sich eine ruppige, undurchdringliche Art, um sie sich vom Leib zu halten, und verschwand in seine Hütte. Er las, hackte Holz für den Kamin, brachte sich das Kochen bei... und dachte ununterbrochen an Temple. Zwanghaft.

Heute aber, heute hatte er sich dazu entschieden, sich von seinen Gedanken an sie abzulenken. Er hatte in der Hütte absichtlich auf eine Internetverbindung verzichtet, da er wusste, dass er Stunden damit verbringen würde, herauszufinden, was sie jetzt tat. Jetzt also, als er zurück zu seinem Zuhause in den Bergen ging, gab er sich die größte Mühe, sich auf die Arbeiten zu fokussieren, die er am Haus machen musste.

All seine guten Absichten wurden zunichte gemacht, als er den SUV in der Einfahrt parken und eine zierlich gebaute Gestalt sah, die auf seiner Veranda stand und ihn anstarrte. Sie war in einen dicken Mantel gewickelt, aber ihr Haar, sogar noch länger als in seiner Erinnerung, fiel ihr offen über den Rücken. Ihre großen dunklen Augen waren voller Vorsicht, aber auch Liebe. Sie war umwerfend schön.

Attico verschlug es die Sprache, als er ihr immer näher kam. Temple lächelte ihn nervös an. „Hallo, Atti."

Attico blieb stehen. Nur ihre Stimme zu hören war Balsam für seine Seele. „Was machst du hier, Temple?"

„Ich wollte *dich* sehen, Atti."

Diese fünf einfachen Worte brachen ihn, und er blickte von ihrem hübschen Gesicht weg. „Das ist nicht ... du solltest nicht hier sein."

Temple zog einen braunen Umschlag aus ihrer Jacke und ging zu ihm. „Das sind die Scheidungspapiere, Atti", sagte sie mit zittriger Stimme. „Das Einzige, was ich will, ist noch eine Nacht. Noch eine Nacht und falls du mich am Morgen immer noch nicht zurückwillst, werde ich sie unterschreiben, und du wirst mich nie wiedersehen."

„Ist es das, was du willst? Eine Scheidung?"

Sie schüttelte den Kopf, ihre Augen waren voller Tränen. „Gott, *nein,* ich will dich, Atti, aber ich will nicht, dass du unglücklich bist. Nichts von alldem war deine Schuld."

„Luc ..."

„Ich hätte dasselbe getan, wenn ich gedacht hätte, ich hätte einen Mörder erwischt. Du hast Luc nicht getötet, Atti. Das war

Tony." Ihre Stimme war jetzt hart, und sie hielt inne und legte ihre Hand an ihren Mund und versuchte, ihre Emotionen zu kontrollieren.

Attico wartete. Gott, er wollte nur zu ihr und sie in seine Arme nehmen und sie niemals wieder loslassen ...

„Noch eine Nacht", sagte Temple, „eine Nacht. Ich werde auf die Knie gehen und dich anflehen, wenn ich muss. Ich liebe dich, Attico Fibonacci."

Mit einem Ächzen verlor Attico all seine Selbstkontrolle und zog sie in seine Arme, seine Lippen fanden ihre, und er spürte ihre Finger in seinem Haar. Sie beide waren atemlos, als sie schließlich voneinander ließen.

Ohne noch irgendetwas zu sagen, führte er sie in die Hütte und trat die Tür hinter sich zu. Temple, deren Augen vor Liebe glänzten, zog ihren Mantel aus und darunter trug sie das dunkelrote Kleid, das sie bei ihrer ersten Verabredung getragen hatte. Attico fühlte sich hilflos, als all die Gefühle zu ihm zurückkamen.

„Oh ... Tem ..." Er grinste plötzlich. „Ist dir nicht *kalt?*"

Sie beide lachten, was die Spannung löste, und Temple griff nach unten und packte den Saum des Rocks und zog ihn in einer Bewegung über ihren Kopf. Darunter war sie nackt. „Wärm mich doch auf, Attico ..."

Das Bedürfnis, sie zu berühren, war so heftig, dass Attico sie in seine Arme hob und in das kleine Schlafzimmer trug. Er riss sich seine eigenen Klamotten vom Leib und legte sich auf sie drauf, während sie ihre Beine um ihn schlang. „Warte nicht", drängte sie ihn, „ich möchte dich in mir haben."

Sie langte herunter und streichelte seinen bereits harten Schwanz und führte ihn dann in ihre durchnässte Möse. Sie beide spürten, wie die Spannung losließ, während sie sich gemeinsam bewegten, sich küssten, berührten, liebkosten. Sie trieben sich gegenseitig zu einem umwerfenden Orgasmus und hielten sich danach in den Armen, redeten und küssten sich.

Attico wusste bereits in der Sekunde, als er sie berührt hatte, dass er sie nie wieder loslassen könnte, und das sagte er ihr jetzt.

Temple lächelte zu ihm auf. „Ich bat um eine Nacht, Attico ... was ich versäumt habe zu sagen, war, dass ich will, dass die Nacht ungefähr achthunderttausend Stunden dauert."

Attico lachte. „Das ist eine sehr genaue Zahl."

„Ich hab das nachgerechnet, wenn man die durchschnittliche Lebensspanne und dergleichen bedenkt."

Attico lachte laut auf. „Was für eine Streberin."

„Du weißt es. Atti ... lass uns uns was versprechen. Lass uns uns versprechen, dass wir uns nie wieder trennen werden. Der glücklichste Tag meines Lebens war der Tag, an dem ich dich geheiratet habe. Versprich mir, dass du mich nie wieder gehen lässt und dieser Tag wird unseren Hochzeitstag in den Schatten stellen."

Er nahm ihr Gesicht in seine Hände. „Temple Eleanor Dubois Fibonacci, ich verspreche es dir. Ich verspreche, dass ich dich nie wieder gehen lasse. Niemals. Ich liebe dich mehr als mein Leben, Tem."

Sie weinte jetzt, und Attico küsste ihr die Tränen von ihrem süßen Gesicht. Sie lächelte zu ihm auf. „Dasselbe verspreche ich dir, Attico Fernando Fibonacci. Ich liebe dich so sehr, Atti." Sie grinste und zog an seinem Bart. „Und übrigens, ich steh echt total auf den Bart."

Er lachte. „Ich habe mal was Neues ausprobiert."

„Und da dachte ich, du könntest nicht noch attraktiver werden."

Er schielte und streckte seine Zunge heraus. Temple grinste. „Heiß."

„Übrigens, Mrs. Fibonacci, deine Mathekenntnisse sind für

den Arsch." Er glitt mit seinen Lippen ihren Kiefer entlang. Temple wand sich vor Lust.

„Inwiefern? Oh, das ist so gut, ja ..." Attico hatte eine Hand zwischen ihre Beine gelegt und streichelte nun ihren Kitzler.

Er lächelte auf sie herab. „Nach deiner Rechnung würden wir beide noch jeweils neunzig Jahre leben."

„So soll es sein, ha ha ha ... oh ... oh ..."

Sie waren dann zu abgelenkt, um sich noch weiter aufzuziehen, und sie liebten sich noch bis spät in die Nacht.

23

KAPITEL DREIUNDZWANZIG

New York
Zwei Jahre später...

SIE RANNTE, atmete schwer, war jetzt fast hektisch, als ihre Sneakers auf dem Boden des Krankenhausflurs widerhallten. Temple ignorierte die Rufe, sie sollte langsamer machen, und lief weiter, verzweifelt, atemlos.

Endlich stürmte sie in das Zimmer und kam abrupt zum Stehen. „Oh Gott ... hab ich es verpasst?"

Attico grinste sie an. „Ich fürchte ja."

Temple ächzte und ging zu Lucinda. Die blonde Frau grinste sie an, während sie im Krankenhausbett lag und ihren neugeborenen Sohn in ihren Armen hielt. Pierre, Lucindas Ehemann, küsste Temple auf die Wange. „Egal. Wir sind froh, dass du jetzt hier bist, kleine Schwester."

Temple strahlte ihn an. Seit sie und Attico wieder in New York waren, waren sie sowohl Lucinda als auch Pierre immer näher gekommen, und der Mann war für sie jetzt wie ein

Bruder. Er erinnerte sie sehr an Luc; sie sahen sich sogar ähnlich. Sie war froh gewesen, dass er und Lucinda für Tonys Handeln keine Feindseligkeit hegten, und jetzt, da ihr Sohn geboren wurde, sahen sie überglücklich aus.

„Würdest du dein Patenkind gerne halten?" Lucinda grinste Temple an, die eine heiße Welle der Emotion über sich kommen spürte.

„Patenkind?"

Lucinda nickte, kicherte und nickte zu Attico. „Wir haben deinen Mann schon gefragt. Würdest du uns die Ehre erweisen, für unseren Sohn, Stephen Luc Marmont, Patentante zu werden?"

Temples Augen füllten sich mit Tränen. „Luc?"

Lucinda nickte, und Pierre rieb Temples Schulter. „Wir haben ihn vielleicht nie gekannt, aber wir beide fühlen seine Präsenz, Tem."

Sie brach in Tränen aus, und Attico umarmte sie und lachte. Als sie sich beruhigt hatte, übergab Lucinda ihr ihr Patenkind, und Temple wiegte das Baby in ihren Armen. Er war so schön, so perfekt, dass Temple überwältigt war. Attico legte seinen Arm um ihre Taille.

„Du siehst mit einem Baby in deinen Armen gut aus, Piccolo."

Sie lächelte zu ihrem Mann auf. „Er ist umwerfend."

„Ist das also ein Ja, Temple?" Lucinda und Pierre lächelten sie an.

Temple nickte. „Ja ... ja ..."

SPÄTER IN IHRER Wohnung saßen Temple und Attico draußen auf ihrem Balkon und beobachteten, wie die Sonne über Manhattan unterging. Temple saß auf seinem Schoß, ihr Kopf lag auf seiner Schulter, seine Arme umschlossen sie. „Sie haben ihn Luc genannt, Atti."

„Ich weiß, Baby. Das ist unglaublich." Er drückte seine Lippen auf ihr Haar. „Willst du so einen?"

Temple kicherte. „Einen? Ich möchte mit dir eine ganze Fußballmannschaft. Was sagst du dazu?"

„Ich sage ... lass uns anfangen." Er strich mit einer Hand durch ihr Haar. „Ich liebe dich, Temple Fibonacci."

Sie lächelte ihn an. „Dann zeig mir wie sehr, Attico Fibonacci ..."

Und das ... tat er dann auch.

ENDE

MELDE DICH AN, UM KOSTENLOSE BÜCHER ZU ERHALTEN

Möchtest Du gern Eifersucht und andere Liebesromane kostenlos lesen?

Tragen Sie sich für den Jessica Fox Newsletter ein und erhalten Sie ein KOSTENLOSES Buch exklusiv für Abonnenten indem Du diesen Link in deinem Browser eingibst:

https://www.steamyromance.info/kostenlose-b%C3%BCcher-und-h%C3%B6rb%C3%BCcher/

Eifersucht: Ein Milliardär Bad Boy Liebesroman

Neue Liebe entsteht, aber auch eine Eifersucht, die sie zu zerstören droht.
    Ich habe meine winzige Heimatstadt und ihre Einschränkungen hinter mir gelassen. Dann erschien ein bekanntes Gesicht in der Bar, in der ich arbeite, und brachte mich wieder dorthin zurück, wo ich angefangen hatte ...

https://www.steamyromance.info/kostenlose-b%C3%BCcher-und-h%C3%B6rb%C3%BCcher/

Du erhältst ebenso KOSTENLOSE Romanzen-Hörbücher, wenn Du Dich anmeldest

©Copyright 2020 Jessica Fox Verlag - Alle Rechte vorbehalten.
Das Werk, einschließlich aller seiner Teile, ist urheberrechtlich geschützt. Jede Verwertung ist ohne Zustimmung des Verlages und des Autors unzulässig. Dies gilt insbesondere für die elektronische oder sonstige Vervielfältigung. Alle Rechte vorbehalten.
Der Autor behält alle Rechte, die nicht an den Verlag übertragen wurden.

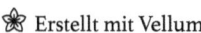 Erstellt mit Vellum

www.ingramcontent.com/pod-product-compliance
Lightning Source LLC
LaVergne TN
LVHW021714060526
838200LV00050B/2667